Sven Heuchert

Dunkels Gesetz

SVEN
HEUCHERT

DUNKELS GESETZ

KRIMINAL
ROMAN

ULLSTEIN

FSC
www.fsc.org
MIX
Papier aus verantwortungsvollen Quellen
FSC® C083411

ISBN 978-3-550-08178-1

Gesetzt aus der Galliard
bei LVD GmbH, Berlin
Druck und Bindearbeiten: CPI books GmbH, Leck
Printed in Germany

»It would be easier to believe in God. Then you could wake up and yawn and stretch and grin at a world that was put together on a plan of mercy and death, punishment for evil, joy for good, and if the game was crazy at least it had rules.«

Don Carpenter

»Ein ödes Land. Überall herrscht eine seelische Versteppung. Alle leben eigentlich über ihre Verhältnisse, und man braucht kein Prophet zu sein, um vorauszusagen, dass sich das noch mal bitter rächen wird.«

Ulf Miehe

1

Die Tischplatte in der Küche war übersät von Brandlöchern. Dunkel schüttelte den Kopf. Anheuser war seit dreißig Jahren sein Freund, eine Sache hatte er sich nie abgewöhnen können – mit der Zigarette einzunicken. Die Räume im Erdgeschoss waren im gleichen Zustand wie bei seinem letzten Besuch. Nackter Beton, an der Decke Glühbirnen ohne Lampenschirme, das Licht viel zu grell. Die Regale im Wohnzimmer mit antiquarischen Büchern vollgestopft. Tierfelle und afrikanische Jagdwaffen an den Wänden der Diele.

Dunkel folgte Anheuser in die Werkstatt, die am Ende der Diele lag, ein großer, dunkler Raum, der nur über ein Fenster verfügte. Anheuser hatte den Anbau nach seinem Einzug veranlasst. Den ledrigen Geruch von Ballistol und Sattlertran hatte Dunkel schon fast vergessen. Auf der umlaufenden Werkbank lagen fein säuberlich aufgereiht Säbel, Dolche und Messer. Er fuhr mit den Fingerspitzen über eine der schmiederauen Klingen. Dann öffnete er eine Waffenkiste aus lackiertem Holz, die auf einem kleinen Tisch am Ende der Werkbank stand.

»Belgische Duellpistolen, neunzehntes Jahrhundert.«

Anheuser war neben Dunkel getreten und tippte auf den Rand der Kiste. »Perkussion, Kaliber 10,2. Der Lauf aus Rosendamast, Schaft poliertes Ebenholz. Die gehen normalerweise für dreieinhalbtausend, aber der Markt ist tot zurzeit.«

Dunkel nahm eine der Pistolen in die Hand und sagte: »Schon was anderes als die Famas.«

»Ja, kein Fitzel Plastik dran.« Anheuser nahm die zweite Waffe aus der Kiste. Er winkelte den Arm ab und zielte. »Verlassen würde ich mich auf die allerdings nicht, wenn es drauf ankommt.«

Sie legten die Pistolen zurück. Anheuser öffnete einen Wandschrank, nahm den *Chivas Regal* und zwei Gläser heraus. »Scotch?«, fragte er und goss ein, ohne auf eine Antwort zu warten. Schweigend lehnten die Männer an der Werkbank.

Dunkel starrte in die braune Flüssigkeit im Glas, dann glitt sein Blick zu der gerahmten Fotografie an der Wand. Sie zeigte drei Männer, die vor einem Jeep standen.

»Was ist falsch an dem Scotch?«, fragte Anheuser. Dunkel hatte den Whisky noch nicht angerührt.

»Ist das Fiete dahinten auf dem Foto?« Er deutete mit dem Kopf Richtung Wand.

»Du meinst das, auf dem du noch Haare auf dem Kopf hast?«

»Auf dem du noch kein Doppelkinn hast, das meine ich.«

Anheuser nickte. »Fiete ist das, ja.«

»Arbeitet er noch im Irak, für diese Engländer, *Hart*?«

»Nein«, sagte Anheuser. »Der liegt zwei Meter tief in der Erde.«

»Bist du dir da ganz sicher?«

»Seine Frau war hier und wollte, dass ich ihr bei den

Konten helfe. Das Geld lag auf den Caymans. In den Miesen war er jedenfalls nicht.« Anheuser machte eine Pause. »Der Konvoi wurde beschossen, er hat's als Einziger aus dem CAT rausgeschafft, aber der Fahrer der Schutzperson hat aufs Gas gedrückt.«

»Hat er nicht verdient«, sagte Dunkel.

»Ja, ein Staatsbegräbnis hat er nicht grad bekommen.«

Sie sahen sich einen Augenblick lang an, dann nippte Dunkel an dem Glas und sagte: »Der Scotch ist gut.«

Anheuser lächelte. »So 'ne Frau wäre auch was für dich.«

»Ich hab kein Glück mit Frauen«, sagte Dunkel. »Kann machen, was ich will.«

»Solltest dich vielleicht mal rasieren, 'n Hemd anziehen, bisschen was Parfüm. Frauen mögen so was. Und vor allem gute Manieren, das Rührei nicht mit den Händen essen zum Beispiel.« Anheuser wischte sich mit dem Handrücken über den Mund und nahm einen großen Schluck Scotch. »Vermisst du die Arbeit?«

»Nein.«

»Ich frag mich, ob's nicht zu früh war«, sagte Anheuser. »Ob ich nicht noch 'n paar Jahre hätte dranhängen sollen.«

Dunkel schüttelte den Kopf. »War die richtige Entscheidung. Du hast dir hier was aufgebaut, das Geschäft – Geld, Geld ist nicht alles. Nigeria wurde ungemütlich.«

»Ja, hast wahrscheinlich recht.«

»Ich würde es nicht noch mal machen.«

»Nigeria?«

»Nein«, sagte Dunkel. »Nichts davon.«

»Wie gesagt, ich hätte was, das dich interessieren könnte, habe ich dir ja geschrieben – 'ne ruhige Kugel, gutes Geld.«

»Ich weiß immer noch nicht, worum es geht«, sagte Dunkel. »'s klingt wie was Schmutziges.«

»Nein«, sagte Anheuser. »Keine Sorge, ist alles legal. Security, aber keine Close Personal Protection, nur Objekt und Gelände. Stillgelegte Grube oben in Altglück. Sie haben da eine Leiche gefunden. Junge, neun oder zehn Jahre alt. Die Wildschweine haben nicht viel von ihm übrig gelassen. War überall groß in den Zeitungen vor ein paar Wochen. Suchtrupps, Hundestaffel, der ganze Aufriss. Ist zufällig gefunden worden.«

»Ein Unfall.«

Anheuser nickte. »Davon geht man aus. Das Gelände gehört seit neustem einer kanadischen Limited, davor war die Rechtslage kompliziert, mehrere Firmen sind bankrottgegangen, und kein Schwein weiß, was genau los ist. Da lagern noch 1,4 Millionen Tonnen Blei und Zink im Boden.«

»Und die Rohstoffpreise steigen«, sagte Dunkel. »Keine schlechte Presse, darum geht es ihnen.«

»Wie dem auch sei«, sagte Anheuser. »Es ist Arbeit, und in ein paar Monaten hast du dich saniert.«

»Wie bist du da rangekommen?«

Anheuser grinste. »Die Kanadier sind dick im Geschäft, aber die kümmern sich auch um Sachen, über die man nicht so gerne spricht – Industrieschlamm, Krankenhausabfälle, Pharmakram. Nicht illegal, nur mit einem gewissen Risiko. Sagen wir, ihr Sicherheitsexperte ist ein alter Bekannter von mir.«

»Ich verstehe«, sagte Dunkel. »Die Legion ist überall.«

»Du musst den Job nicht machen«, sagte Anheuser. »Mir, mir ist das egal. Weißt, wie das läuft. Irgendeiner macht es und freut sich über die Moneten.«

»Nein«, sagte Dunkel. »Das Geld ist gut.«

»Was treibst du den ganzen Tag in deiner spanischen Diaspora?« Anheuser stieß sich von der Werkbank ab und nahm einen Schluck aus dem Glas. »Sangria und Señoritas?«

»Ich stehe vor Sonnenaufgang auf«, sagte Dunkel und blickte auf seine Hände. »Am Strand die Brandung, Ruhe. Mehr brauche ich nicht.«

Anheuser sah ihn an und schüttelte den Kopf. »Ich muss dir was zeigen, komm mit.« Er schwankte, ging aus der Werkstatt, blieb im Flur einen Moment stehen und stützte sich an der Wand ab.

»Bist ganz schön betankt«, sagte Dunkel und zog die Werkstatttür hinter sich zu »Packst nichts mehr weg. Paar Tropfen reichen schon.«

»Die Zeiten von gutem Sprit und den noch besseren Frauen, die sind eben endgültig vorbei.« Langsam ging Anheuser voraus. Eine schmale Wendeltreppe führte hinunter in den Keller.

»Glaubst du, du schaffst das noch?«, fragte Dunkel und rüttelte am Geländer.

»Ob ich das schaffe?« Anheuser nahm die erste Stufe, blieb vor der Sicherheitstür stehen und gab den Code in die Alarmanlage ein. Er drehte sich grinsend um und sagte: »Willkommen im Paradies.«

Dunkel kannte die Räume, die Anheuser Paradies nannte.

Voll isolierte und klimatisierte Kellerräume ohne Fenster, Waffenschränke aus edlem Holz voller Raritäten.

»Harmonika von Jarre«, sagte Anheuser und zeigte auf eine der Vitrinen. »Habe ich für einen Interessenten aus dem Norden vorbereitet, der tanzt morgen hier an, mal sehen, ich glaub nicht dran. Turret von Choran, Bittner, Bergmann No. 3, Gauloises No. 2, Merwin Hulbert, you name it!«

»Was wolltest du mir zeigen?« Dunkel öffnete eine der Vitrinen und nahm einen kleinen Revolver heraus. »'ne Pfefferbox«, sagte er kopfschüttelnd. »Meine Mariette hab ich vor Jahren für einen miesen Preis verkauft, aber ich brauchte dringend Kohle.«

»Selten, die mit zwölf Läufen.« Anheuser nickte. »Aber die mit achtzehn hier, das ist 'ne echte Rarität, da leckt man sich die Finger, nach so was.«

»Ich besitz überhaupt keine Waffen mehr«, sagte Dunkel und legte den Revolver wieder zurück. »Den Freeman habe ich letztes Jahr verkauft, das war die letzte.«

»Warst mal ganz verrückt nach.«

»Ja«, sagte Dunkel. »Lange her.«

Anheuser ging in den nächsten Raum und öffnete einen Koffer, der auf einem langen, schmalen Metalltisch lag.

»McMillan«, sagte Dunkel und beugte sich über das Gewehr.

»Mit Leupold-Optiken.« Anheuser strich über den Lauf. »Von Fiete. Habe ich seiner Frau abgekauft.«

Dunkel nickte. »Er braucht sie nicht mehr.«

»Ich wollte nicht, dass sie irgendwer in die Hände bekommt. Irgendein Idiot, der was weiß ich damit veranstaltet. Sie soll ihre Würde behalten.«

»Ihre Würde?«

»Weißt, was ich meine.« Anheuser klappte den Koffer zu. »Mi case es su casa. Ich leg mich aufs Ohr.«

Dunkel drehte sich langsam um. Er selbst hatte sein erstes Gewehr an seinem zehnten Geburtstag bekommen. Sein Vater hatte ihm die schlichte Bergwaffe überreicht und weiter kein Wort verloren. Am nächsten Morgen waren sie in aller Frühe aufgebrochen, an unbestellten Äckern, vom Tau benetzten Feldern vorbeigefahren. Die Augen des Rehs, der Rückstoß der Waffe, das Loch im Fell, das dickflüssige, zähe Blut – all das sah er vor sich, scharf und deutlich wie eine gute Fotografie.

2

Seit sie bei Achim lebten, wachte Marie vor dem Wecker auf. Ihr Bett stand an der Wand neben der Tür. Klein und schmal, mit fleckiger Matratze. Feuchtigkeit drang durch die Fensterrahmen. In einer Ecke noch Kisten mit Schrauben, Reinigungsmitteln, ölverschmiertem Werkzeug.

Sie lag unter zwei Decken aus muffig riechender Schurwolle. Kälte hatte ihr nie etwas ausgemacht. Diese Kälte war anders, nicht wie in der Stadt. Hier kroch sie in einen hinein und blieb dort.

Der Geruch von nasser Erde und Asche lag in der Morgenluft. Sie wartete auf den Hund, der jeden Morgen bellte. Sein Bellen heiser und weit entfernt. Marie berührte den Bettrahmen mit ihrem Zeh und schlug die Decke zur Seite. Ihre Klamotten lagen auf einem Stuhl, den sie vor ein paar Tagen aus der Werkstatt mitgenommen hatte. Sie blieb einen Moment auf der Kante sitzen. Der Hund bellte an diesem Morgen nicht.

Sie stand auf und sah aus dem Fenster. Die Scheune, groß und dunkel, gleich dahinter begann der Wald. Seine Geräusche drangen an diesem Morgen bis in ihr Zimmer – Äste, die zerbrachen, Wind in den Baumkronen. Sie streckte ihre Glieder und stieg in die Jeans. Die Treppe nach unten war steil, wie in alten Häusern üblich. Sie hielt sich am Geländer fest, das nur lose in der Wand verschraubt war.

Achim saß am Küchentisch. Er sah nicht auf, als sie an ihm vorbeiging.

»Liegt noch in der Kiste«, sagte er. »Ham was gefeiert gestern. Deine Alte feiert ja ganz gerne.«

Sie nickte.

»Und?«, fragte er. »Kommste nach der Mama?« Er zeigte auf die Reihe zerdrückter Bierdosen auf dem Fensterbrett. »Können ja mal 'n schönen Stapel machen. Was meinste?«

»Bier schmeckt mir nicht.«

»Geschmack kommt mit der Zeit. Und dann kannste auf einmal nich genug davon bekommen.«

Sie zog einen Becher aus dem Abwasch, drehte den Wasserhahn auf und gab etwas Spülmittel auf einen Schwamm.

»Vielleicht brauchste auch was anderes«, sagte Achim. »Was aber trotzdem knallt. Gibt's ja alles.«

Sie sah aus dem Fenster. Es war der erste Tag seit Wochen, an dem es nicht regnete.

Achim sagte: »Haste dir das überlegt? Tankstelle? Kannst richtig fein Geld verdienen. Hab dir ja 'n Angebot gemacht. Musst du mir nur sagen.«

Sie stellte den Becher auf die Anrichte.

»Willst 'ne piekfeine Dame werden«, sagte er. »Na ja, die Fresse dazu haste schon mal.«

Als sie seinen warmen Atem im Nacken spürte, schloss sie die Augen.

»Aber haste auch genug im Köpfchen?« Sein Zeigefinger strich von oben ihren Hinterkopf entlang. Sie spürte die Schwielen, als er seine Hand um ihren Hals legte, und drehte sich um. »Kannst dir nich vorstellen, wie schnell du

Geld verdienst. Brauchst nicht zur Schule gehen oder so. Haben alle keine Ahnung. Ich zeig dir, wie man richtig Kohle verdient.« Er hob das Kinn, die Löcher in seinem Bart rund wie Münzen.

Marie nickte. »Ich sag's dir dann.«

Er packte sie am Arm, zog sie zu sich heran und sagte leise: »Überleg nicht zu lange.«

Sein Schweiß roch nach saurer Milch. Sie starrte auf seine Lippen, Lippen wie Striche.

»Nicht zu lange, klar?«, wiederholte er und knöpfte sich das Flanellhemd zu. »Und jetzt mach dich nützlich.« Er warf einen Schlüsselbund auf die Anrichte. »Aufschließen, Kasse machen, und hier – ich weiß genau, was Ambach is. Kann mir Zahlen verdammt gut merken. Verarsch mich also nicht.«

Marie nahm die Kanne aus der Maschine. Achim sah auf die schwarze Flüssigkeit, dann auf ihre Beine.

»Du hast da was nich richtig verstanden«, sagte er und beugte sich zu ihr herunter. »Wenn ich sage, du schließt auf, machst du dir nich noch 'n Kaffee. Arbeit kommt zuerst.«

»Klar.«

»Verarsch mich nicht.«

Sie fuhr mit dem Zeigefinger über den Rand des Bechers. Ein Schwarm Zugvögel am Rand des Horizonts, schwarze Punkte, die sich in unbestimmtem Rhythmus auf und ab bewegten. »Ist gut«, sagte sie und legte ihre Hand auf die Schlüssel, das Metall kühl und kompakt.

Achim drehte sich noch einmal um. »Muss ich dir Beine machen?«

Sie wog den Schlüsselbund in der Hand und sah Achim direkt in die Augen. »Nein.«

»Na also«, sagte er und zog die Tür hinter sich zu.

Die Tankstelle lag fünfhundert Meter vom Haus entfernt. Marie überquerte die Straße und kickte Steine aus dem Weg.

Der Asphalt war an vielen Stellen aufgerissen, sie wich den Schlaglöchern aus, ein Schritt vor, zwei zurück, blieb in der Straßenmitte stehen. Vor einigen Jahren hatte sie einen Unfall mit angesehen, ein alter Mann war an der Kreuzung vor dem Wohnpark von einem Lastwagen erfasst worden.

Sie drehte sich um und starrte in die Ferne. Sie hörte die Motoren, wie sie mit hoher Drehzahl unten im Tal beschleunigten. Das Haus stand in einem Waldstück an der Straße, sie konnte sehen, dass das Licht in der Küche noch brannte. Hinter dem Haus ragte das dunkle nasse Holz der Scheune hervor. Der Mann war bei dem Unfall gestorben. Fast alle seine Knochen waren gebrochen, hatten sie gesagt, aber das war nicht die Todesursache gewesen. Eine Ader in seinem Gehirn war geplatzt. Der alte Mann hätte nach einer Ohrfeige sterben können. Einfach so.

In der Tankstelle fixierte sie die Tür mit einem Holzkeil und hängte den Schlüsselbund neben den Sicherungskasten. Die Leuchtstoffröhren sprangen mit einem leisen Summen an. Sie sah aus dem kleinen Fenster neben der Kasse. Regen setzte ein, die Tropfen warfen Blasen in den Pfützen. Ein Pritschenwagen fuhr vorbei, der Junge auf dem Beifahrersitz starrte aus dem Seitenfenster. Marie sah dem Wagen nach, bis die Rücklichter am Horizont verschwanden.

Sie atmete hörbar aus. Kein Geräusch drang herein, als sei die Zeit stehengeblieben. Die Straße, von dichtem, hohem Wald gesäumt, wirkte im diesigen Morgenlicht wie ein Tunnel, der ins Nichts führt. Sie schüttelte den Kopf. Die Kühlschränke brummten leise. Sie öffnete die Kasse, die mit einem Ruck aufsprang, und zählte zuerst die Scheine, danach die Münzen. Sie zählte ganz langsam, nahm jede einzelne Münze in die Hand und legte sie dann wieder zurück ins Fach.

3

Achim starrte einen Moment auf die Küchentür und trank den letzten Schluck Kaffee. Dann klappte er die Zeitung auseinander und blätterte bis zu den Todesanzeigen. Keine bekannten Namen. Manchmal hatte er gute Sachen ergattert. Einmal hatte er einer Witwe den scheckheftgepflegten 5er BMW ihres verstorbenen Mannes für einen Spottpreis abgekauft. Die Leute, die jetzt starben, waren arme Schlucker.

Sein Vater hatte 1995 einen Mercedes C140 bar bezahlt und auf der Rückfahrt vom Händler gesagt, er habe für das Auto mehr ausgegeben, als fünf Arbeiter der Fuchs-Werke zusammengerechnet in einem Jahr verdienen.

Achim tippte mit dem Finger auf die Schachtel *Jakordia*, die neben der Kaffeekanne auf dem Tisch lag. Die Schlafzimmertür stand einen Spaltbreit offen. Klamotten lagen verstreut auf dem Boden, eine Tasche, dazwischen Lippenstifte, Pinsel, Tiegel mit Cremes und Puder. Parfümproben standen auf der Fensterbank. Ihr Körper eine Erhebung unter der Bettdecke, die Ahnung von Wärme.

Er setzte sich auf die Bettkante und fuhr langsam unter der Decke mit den Fingerspitzen ihre Wirbelsäule hinauf. Zwischen den Schulterblättern ein Zittern.

Er sagte: »Ich weiß genau, was du brauchst.«

Sie gähnte und versuchte sich umzudrehen, aber er drückte sie zurück auf die Matratze.

»Was zum Ballern, damit die Saufziege in die Gänge kommt.«

»Gib mir erst 'ne Zigarette.« Sie gähnte noch einmal und drehte sich um. Er nahm eine Zigarette aus der Schachtel, die auf dem Boden lag, und zündete sie an.

Sie sagte: »Komm, mach nicht rum.«

Nach drei Zügen steckte er ihr die Zigarette zwischen die Lippen.

»Wo ist Marie?«, fragte sie.

»Das Gör macht die Tankstelle auf.«

Sie zog an der Zigarette und fuhr sich mit der Hand durchs Haar. »So spät?«

Achim stach mit dem Zeigefinger in das weiche Fleisch ihrer Innenschenkel. »Warst gut drauf gestern.«

Sie schüttelte den Kopf und sagte: »Sie soll nicht alleine in der Tankstelle sein, das hab ich dir schon mal gesagt.«

»Sie soll wissen, wie das is.«

»Kann für sich selbst sorgen, die Marie, das hab ich ihr schon beigebracht.«

»Ihr Arsch ist im Weg.«

»Das haben wir schon durch.«

»Ja, aber auf Dauer is der Platz hier begrenzt, wenn du verstehst, was ich meine?«

»Sie kann nicht zu ihrem Vater.«

»Hast wohl Angst, dass sie die Mama vergisst?« Er grinste.

»Nein.« Die Zigarette hing an der Unterlippe, als sie sich ein Stück aufrichtete. »Weil er 'n gottverdammter Säufer is. Würde die Marie kaputtmachen, mit in den Dreck ziehen.«

Er hob ihr Kinn an und tätschelte ihr die Wange. »Wenn sie sich nicht nützlich macht, wird sie zu ’ner Belastung. Rumsitzen und auf meine Kosten ’n fetten Arsch kriegen is nich.«

»Sie will ihren Abschluss nachholen.«

»Die schafft’s vielleicht an ’ne Kasse vom Supermarkt«, sagte Achim und kratzte sich am Kopf.

»Arschloch!«

»’s nur die Wahrheit«, sagte er. »Ich sag nur die Wahrheit. Und mal überlegt – wie kommt sie dahin? Schule ist in Vierheilig. Läuft sie? Berg rauf. Berg runter. Bei Wind und Wetter? Im Winter?«

»Sehen wir dann.«

»Hast keine Ahnung, wie du das anstellen willst«, sagte er und winkte ab. »Keine beschissene Ahnung.«

Sie zog an der Zigarette. »Ich fahr sie. Schließlich is sie meine Tochter.«

»Womit willst du fahren?«

»Das gefällt dir, was?«, sagte sie und blies ihm den Zigarettenrauch ins Gesicht.

Er lächelte. »Kannst ja jederzeit gehen.« Achim zeigte zur Schlafzimmertür. »In den Wohnpark, zurück zu den Kanaken, die dir an die Titten grapschen und deine Tochter ficken wollen.«

»Ich hab uns immer durchgebracht.«

Er machte eine wegwerfende Handbewegung. »Jammer nur nicht rum, wenn du wieder deinen Arsch verhökern musst.«

Sie drückte ihre Zigarette in einem der Kronkorken aus, die auf dem Nachttisch lagen, und musterte ihn. »Ich hab meinen Arsch nie verhökert.«

»An dir nagt der Zahn der Zeit«, sagte er und schob die Hand unter die Decke auf ihren Schenkel. »Kannst deine Muschi miauen lassen, versilbern wird sie dir keiner mehr.«

Sie zog die Decke bis zu den Schultern hoch und sagte: »Jetzt gib mir endlich was für die Nase.«

Er hob ein Plastiktablett vom Boden auf und stellte es auf das Laken. Vier gleich lange Linien, daneben ein zerknüllter Zehner.

»Wenn die Sache mit Falco anläuft …«, sagte er. Er rollte den Schein zwischen den Fingern hin und her. »Gibt's echten Schnee, nicht diese beschissene rosa Paste.«

»So siehst du aus«, sagte sie. »Lass ja die Finger von Falco, das is 'n Gefährlicher, der Mann.«

»Gefährlich«, machte er und fuhr sich über das Kinn. »Dem schmilzt das Gesicht runter. Alter Mann. Lebt von seinem Ruf. Die Achtziger sind vorbei, die Neunziger auch. Der legt keinen mehr auf'n Beton.«

»Hat sein Partner auch gedacht – der is senil, der kann nix mehr, ich übernehm.« Sie verschränkte ihre Arme und zog eine Augenbraue in die Höhe. »Auf'n Philippinen 'ne Klippe runtergestürzt hat der sich. Glatte zwei Promille in der Blutbahn.« Sie rieb ihre Handflächen aneinander. »Und der war kein Spritti. Was denkst du, warum Falco so geleckt aussieht? Aalglatt is der, eiskalt auch.«

»Deine Nasenscheidewand is kugelsicher«, sagte Achim und zeigte auf das Tablett. »Kriegst ja nich genug davon.«

»Manchmal muss man sich einfach betäuben, kennste das nich?«

»Weißte, wie sie das bei Tieren machen?« Er formte mit zwei Fingern eine Pistole. »Mit 'nem Bolzen. Früher, da hat das hier 'n Nachbar gemacht, der Schlotthauer. War 'n ganz großer Töter. Einmal hat der in seinem Verhau 'n Schaf am Wickel, die halten ruhig. Nimmt der den Apparat, setzt an – hier, genau auf die Stirn –, und klack, Bolzen fährt raus, aber nicht mehr zurück. Bleibt im Hirn stecken, alle glotzen, das Viech zuckt wie sonst was.«

Sie beugte sich über das Tablett, eine Haarsträhne fiel ihr ins Gesicht.

»Mein Alter hat 'n Revolver geholt«, fuhr Achim fort, »und ihm die Schnauze runtergedrückt.«

»Was für 'ne Guten-Morgen-Geschichte«, sagte sie und sah vom Tablett auf. »Ich halt nich so still wie dein beschissenes Schaf.«

Achim stand auf und blieb vor dem Bett stehen. »Könntest deinen Arsch mal 'ne Runde bewegen«, sagte er und warf die Zigarettenschachtel auf die Decke. »Hast du mal 'n Auge auf den Abwasch geworfen, der stapelt sich in der Küche. Teller, Tassen, die ganze Scheiße. Was ist damit?«

Sie stopfte sich ein Kissen in den Nacken. »Brauchst du vielleicht eine Haushälterin?«, fragte sie und zog an der Zigarette. »Ich weich meine Hände nicht mehr in Palmolive ein, das ist nichts für mich.«

»Ich sag dir was – wenn ich wiederkomme, ist alles blitzblank. Haben wir uns verstanden?« Er senkte den Blick und beugte sich zu ihr herunter. »Haben wir uns verstanden?«

»Ja, haben wir«, sagte sie. Ihre Stimme klang dünn. »Wir haben uns verstanden.«

Er nickte und drehte sich um. »Das will ich auch gemeint haben.« Er sagte es gerade laut genug, dass sie es hören konnte.

In der Küche schenkte er sich noch eine Tasse Kaffee ein. Regen schlug gegen die Scheiben. Er sah aus dem Fenster.

Die Hügelkette, hinter der Neuglück lag, verschwand unter dichtem Nebel. Der Morgen brachte nie Farbe, das Land kannte in dieser Jahreszeit nur Grau. Er schloss die Haustür, ging hinterm Haus an der alten Scheune vorbei. Der Kombi sprang beim dritten Versuch an, der Anlasser gab ein Kratzen von sich.

4

Dunkel beschleunigte. Seitdem er von der Bundesstraße abgebogen war, hatte sich die Gegend nicht verändert. Brachliegende Felder, umsäumt von dichtem Nadelwald. Hin und wieder stand am Straßenrand ein zweistöckiges Haus mit fehlenden Dachziegeln und abgeplatztem Lack an Türen und Fensterrahmen. Danach kilometerlang Einöde. Er sah keinen einzigen Menschen. In der kalten Luft der Geruch von Dung und Verwesung. Auf einer Anhöhe Getreidesilos, die Metallwände voller Vogeldreck, auf dem Zufahrtsweg lagen zerstochene Autoreifen.

Vor einem Haus mit einem selbstgemalten Schild hielt er an, jemand hatte IMBISS und KALTE GETRÄNGE daraufgeschrieben. Dunkel fuhr rechts ran und hielt. Ein verrosteter VW-Käfer ohne Frontscheibe stand im Vorgarten des Hauses, ein Junge in einem hellgelben Anorak saß hinter dem Steuer, vielleicht sechs oder sieben Jahre alt. Dunkel hob seine Hand, aber der Junge reagierte nicht.

Ein Mann lag rauchend in einem Liegestuhl vor dem Haus. Er las in einem Magazin für Angler und hatte seine Füße auf die niedrige Backsteinmauer gelegt. Neben ihm stand eine geschlossene Kühlbox, auf der Mauer zwei mit

Zellophan abgedeckte Teller. Dunkel zeigte zwischen die Füße des Mannes.

»Käse und Schinken«, sagte der Mann. »Zwei Euro. Bier, Limo, Wasser hab ich auch, alles kalt. Auch zwei Euro.«

Dunkel nickte. »Eins mit Schinken und ein Wasser.«

Der Mann öffnete die Kühlbox und sagte: »Nehmen Sie sich mal ’ne Stulle weg.«

»Nach Altglück«, fragte Dunkel und zog die Frischhaltefolie hoch. Der Mann sah ihn an. »Haben Sie kein Navi?«

»Ich verlass mich lieber auf meine eigenen Sinne.«

»Verstehe«, sagte der Mann. »Altglück … ’ne Bank ausgeraubt?«

Dunkel schüttelte den Kopf und entschied sich für ein halbiertes Toastbrot mit Gouda. »Nein, was Ähnliches.«

Der Mann grinste. »Ja, sind Sie richtig. Durchs Tal und immer geradeaus. Können Sie nicht verfehlen.«

Dunkel nahm einen Fünfer aus dem Portemonnaie.

»Hier rein«, sagte der Mann und hielt ihm eine mit Münzen gefüllte Kaffeetasse entgegen. »Nehmen Sie sich klein raus, was Sie brauchen.«

»Stimmt so«, sagte Dunkel.

»Die Firma dankt, und vergessen Sie’s Wasser nich.«

Dunkel sah noch einmal zu dem Jungen im Käfer.

Er nahm einen Schluck Wasser, biss in das Toastbrot und warf es aus dem Seitenfenster. Die Straße folgte einer natürlichen Trasse, die Fahrbahn wurde schmaler, die Bäume an beiden Seiten der Straße verengten den Horizont, wuchsen in Richtung des Lichts. Auf den Feldern, langgezogene, ockerfarbene Rechtecke, stand das Wasser, Sonnenlicht reflektierte auf der Oberfläche. Stellen voller Totholz – schwarze Stümpfe, die wie gebrochene Finger aus dem Boden ragten. Dunkel öffnete das Handschuhfach und tastete nach dem Flachmann. Der Himmel im Rückspiegel war grau, die Luft schmeckte nach Regen.

Er fuhr an einer Parkbucht ran, in der ein LKW mit polnischem Kennzeichen parkte. Der Fahrer, ein bulliger Mann mit kahl rasiertem Schädel, hockte in Boxershorts und Schlappen neben dem Führerhaus und wusch Essbesteck in einem Plastikeimer.

Dunkel fuhr an ihm vorbei und hielt in einigen Metern Entfernung. Nach zwei Schlucken aus dem Flachmann schloss er die Augen. Der Kühler lief nach, ein unregelmäßiges, mechanisches Klacken. Als er die Augen wieder öffnete, sah er in das rote, aufgedunsene Gesicht des Kraftfahrers. Der Mann machte eine Geste mit Daumen und geschlossener Faust. Dunkel kurbelte das Seitenfenster herunter, nahm das Feuerzeug aus der Mittelkonsole und reichte es dem Fahrer. Dessen Augen hatten zwei unterschiedliche Farben – giftgrün, das andere dunkelbraun. Der Rauch der Zigarette war stark und bitter, die Glut leuchtete kirschrot auf. Der Fahrer grunzte, drehte sich um und ging zurück zum LKW. Dunkel beobachtete ihn im Seitenspiegel, bis er sich in das Führerhaus gesetzt hatte.

Dunkel bog wieder auf die Straße ein. Das Land verlor auf beiden Seiten der Straße die Ordnung, verschmolz zu einem Streifen in den Augenwinkeln. Zerklüftete Berge, Rückegassen voller Schlamm, die Straße abschüssig und ohne Mittelstreifen. Der Asphalt löste sich an den Rändern auf, braunes Gras wucherte bis auf die Fahrbahn. Er trommelte mit den Fingern auf das Lenkrad. Über diesem Land lag lähmendes Vergessen.

Die Grube Altglück war nicht ausgeschildert. Dunkel entdeckte das Fördergerüst und den Schlot im Vorbeifahren. Von der Landstraße bog eine nicht asphaltierte Zufahrt ab. Die Schlaglöcher waren tief und mit Regenwasser gefüllt. Er fuhr im Schritttempo weiter. Der Schacht lag an einem Hang, in den schräg abfallenden Dächern der Aufbereitungsanlage klafften große Löcher. Dunkel hielt vor dem ehemaligen Kontrollhäuschen des Firmenparkplatzes, stieg aus und sprang über den umgerissenen Bauzaun. Neben einem großen, T-förmigen Gebäude, das wie eine Schule aus den Siebzigern aussah, standen mehrere kleine Flachbauten. Sämtliche Fensterscheiben waren kaputt, die meisten Außenwände mit Graffiti beschmiert. Ein altes Magazingebäude aus Backstein war in sich zusammengestürzt. Mit der Fußspitze trat Dunkel verkohlte Holzstücke auseinander. Zersplittertes Glas, Plastikeimer und eine abgesägte PET-Flasche lagen zwischen den verrußten Steinen wie Überreste eines Rituals.

Die schwere Fronttür des Hauptgebäudes hing nur noch lose in den Angeln, die Glasscheibe war geborsten, Splitter lagen überall auf dem Boden. Dunkel trat einmal dagegen, das Scharnier riss ab, und die Tür fiel mit einem dumpfen Geräusch nach innen in den Korridor. Dunkel trat ein. Es roch nach Pisse und feuchtem Mörtel. Die Wände waren aufgestemmt, Kupferrohre und Leitungen entfernt worden. Ein paar tote Mäuse lagen zwischen den Zementbrocken. In einigen der angrenzenden Räume standen noch die Bürostühle, Kabel hingen von der Decke. Auf den Böden zerdrückte Getränkedosen, vergilbte Zeitungen und leere Zigarettenschachteln. Jahrzehnte des Verfalls, die Grube hatte Ende der Siebziger dichtgemacht, wie ihm Anheuser erzählt hatte.

Das Scharren kam von weiter hinten, hallte durch den Gang. Schritte, lautes Husten. Dunkel ging näher an der Wand, nahm den Schlüsselbund aus der Jackentasche und schob sich die einzelnen Schlüssel zwischen die Finger. Im letzten Raum am Ende des Korridors hockte ein Mann mit heruntergelassener Hose vor dem Fenster. Unter seinem löchrigen Mantel ragte ein ausgewaschener roter Wollpullover hervor, der Jägerhut auf seinem Kopf hatte die Form längst verloren. Der Mann starrte Dunkel an und öffnete den Mund zu einem zahnlosen Grinsen.

»Pack ein und verpiss dich«, sagte Dunkel.

Der Mann hustete, und kurz war nur sein rasselnder Atem zu hören. Er stammelte ein paar unverständliche Worte, Speichel lief ihm aus dem Mundwinkel, tropfte auf Mantel und Pullover. Dunkel hob die Faust mit den Schlüsseln und verlagerte sein Gewicht auf das Standbein. Der Mann richtete sich langsam auf, zog die Hose hoch und sprang dann aus dem Fenster, ein Stück seines Pullovers blieb an einer Scherbe hängen. Dunkel sah noch, wie er im Wald verschwand.

Der Wohnwagen war auf einem Plateau oberhalb der Grube geparkt, zehn Minuten von dem Kontrollhäuschen entfernt. Er stand auf einer Lichtung, rundherum nur Wald. Die Reifen waren mit Radschutzhüllen abgedeckt, die aluminiumbeschichtete Folie grün angelaufen. Dunkel schloss die Tür auf. Es roch nach schalem Bier. Er öffnete das Fenster gleich neben dem Eingang. Tote Insekten lagen in der Spüle, er zerdrückte einen der hohlen Panzer mit dem Daumen. In den Regalen fand er nichts außer einer Packung verklumptes Salz. Eine Decke lag zurückgeworfen über der Schlafecke, als habe sie jemand noch am Morgen so zurückgelassen. Der Tisch im Fond war von einer klebrigen

Schicht überzogen. Mit dem Finger schrieb Dunkel eine große 2 auf die Platte. Zwei Monate in dieser Einöde. Er nahm einen Schluck aus dem Flachmann. Das Geld würde für den Winter reichen, ein halbes Jahr unter der spanischen Sonne. Jemand hatte in den Stoffbezug der Eckbank mit einer Zigarette Muster eingebrannt – Kreuze, Kreise, einen langen Strich aus schwarzen, gekräuselten Brandlöchern. Er zerrieb die letzten Tropfen aus dem Flachmann zwischen seinen Lippen.

Er fand einen Wasserkocher mit verkalkten Heizstäben, eine leere Propangasflasche und eine Tasse, in der ein Satz aus eingetrocknetem Kaffee und toten Fruchtfliegen schwamm. Die Bordbatterie war ausgelaufen, die Säure hatte das Chassis braun verfärbt. Er hob die unbrauchbare Batterie aus dem Sicherungskasten und stellte sie in den Durchgang zwischen Schlafecke und Sitzbereich. Danach setzte er sich draußen auf die Treppe und zündete sich eine Zigarette an. Er ließ den Rauch langsam durch die Nase entweichen und zählte den Vorschuss.

Er spürte die Scheine in seiner Hand. Über ihm setzte sich ein Schwarm Zugvögel in Richtung Winterquartier ab – schwarze Punkte am Himmel. Er konnte die Flügelschläge und Stimmen erahnen, sah ihnen hinterher, bis sie am Horizont verschwunden waren.

5

Ein Lichtstreif fiel durch das Küchenfenster auf den Linoleumboden, der von grauen Flecken durchsetzt war. Marie klopfte an den Türrahmen und sagte: »Hallo«, bekam aber keine Antwort. Sie zog eine Zigarette aus der Schachtel, die offen auf dem Tisch lag.

»Dachte, du hast aufgehört?« Ihre Mutter stand vor der Spüle und starrte aus dem Fenster.

»Ja, schon«, sagte Marie. »Mir ist langweilig.«

»Und da fängste 's Rauchen wieder an?«

Marie zuckte mit der Schulter.

»Was machst du hier?«

»Hab Pause«, sagte Marie. »Achim sagt, dass es okay ist.«

Ihre Mutter nickte. Sie zeigte aufs Fenster. »Haste dir das Pferd schon angesehen?«

»'n paarmal«, sagte Marie und zog an der Zigarette.

»Achim liebt Pferde.«

»Weiß ich.«

Dünne Nebelfetzen hingen zwischen den Tannen. Das Pferd stand auf der Koppel neben der Scheune, Mähne und Rücken glänzten feucht. Marie stellte sich neben ihre Mutter. »Wann machen wir das mit den restlichen Sachen?«

»Was meinst du? Was für Sachen?«

»Aus der Wohnung die.«

Ihre Mutter winkte ab. »Immer hin und her.«

»Ist ja nicht mehr viel«, sagte Marie und drückte die Zigarette auf einer Untertasse aus.

»Wenn Zeit da ist, ja? Ich will Achim nicht damit nerven. Hat genug mit der Tankstelle zu tun. Ist das jetzt auch so wichtig?«

»Nein.«

»Hast ja alles hier.«

»Ja«, sagte Marie, »klar.«

»Sei nicht undankbar«, sagte ihre Mutter und griff nach den Zigaretten.

Marie hob ihre Hände und sagte: »War nur 'ne Frage.«

»Du könntest was netter sein. Der hat sich echt den Arsch aufgerissen, der Achim. Wir zahlen nix hier, und du sitzt in der Ecke und bist frech wie Dreck.«

Marie senkte den Blick. »Er hat in meinen Sachen gewühlt.«

»Marie!«, sagte ihre Mutter und hob die flache Hand. »Ich hab da echt keine Lust drauf. Es reicht jetzt! Erzähl mir nix! Mir reicht's!«

»Dir wäre es lieber, ich würde die Schnauze halten.«

Ihre Mutter drehte sich um. »Leg dich nicht mit mir an. Versuch's erst gar nicht, Fräulein. Dir is der Wohnpark lieber – bist alt genug. Sehen wir mal, wie weit du kommst. Kannst ja deinen Papa anflehen, dass er dir 'n Süppchen kocht und dir jeden Morgen den Wecker stellt. Ich hab uns aus der Scheiße gezogen, jetzt zeig mal was Dankbarkeit.«

Marie lachte. »Als ob.«

Die Wucht der Ohrfeige riss ihren Kopf zur Seite, dann tropfte Blut auf das Linoleum.

»Ich kann dich nicht mehr sehen, du verdammte Rotzgöre«, schrie ihre Mutter. »Geh mir aus den Augen, sofort!«

Marie wischte sich mit dem Ärmel durch das Gesicht.

»Hau ab«, sagte ihre Mutter. Sie hob die Hand, ihr Kinn bebte, die Ader am Hals war herausgetreten. »Wenn ich dich nich am Hals hätte, du …«

Marie lief die Treppe hoch. Wenn sie so dalag, den Kopf auf der Matratze, und aus dem Fenster sah, konnte sie einen schmalen Streifen Himmel erkennen. Eine scharfe Linie trennte tiefes Blau vom schmutzigen Weiß der Wolken. Der Himmel erinnerte Marie an Bilder, die sie in einem Prospekt oder einer Fernsehwerbung gesehen hatte.

Sie stellte sich vor, über warmen, feinen Sand zu gehen, die Körner unter ihren Fußsohlen kaum spürbar, der Geruch nach Salz, das Auf und Ab der Wellen im Hintergrund. Schritt für Schritt geht sie in das kristallklare Wasser, spürt, wie das Wasser ihren Körper umfängt, ihn wie eine Decke einhüllt, die Bewegungen der Oberfläche, leise Geräusche, klipp-klapp, ganz nah an ihren Ohren. Sie wird leicht, das Wasser trägt sie, sie schwebt, ist schwerelos.

Marie öffnete die Augen. Die Wolken zogen schneller am Himmel vorbei, Wind rüttelte am Fensterglas. Sie war noch nie am Meer gewesen.

Sie öffnete die Schublade der Kommode, löste den Unterboden und nahm das Mobiltelefon aus dem Hohlraum. Achim hatte gesagt, dass der Empfang auf den Bergen vor Neuglück am besten sei. Der nächste Mast stünde erst hinter Vierheilig, und das sei zu weit entfernt, um einen guten Empfang zu haben. Sie schaltete es wieder aus und legte es zurück. Alles schien zu weit weg.

6

Achim wartete im Wagen vor dem Hintereingang des *Walterchen*, der Parkplatz war leer, außer ihm war niemand dort. Er zündete sich eine Zigarette an und trommelte mit den Fingern auf das Lenkrad. Punkt zwölf rollte ein schwarzer Audi auf den Parkplatz, hielt neben seinem Wagen. Achim drückte die Zigarette aus und öffnete die Fahrertür. Falco nahm die verspiegelte Sonnenbrille ab. »Bin mit 'ner toten Katze im Maul aufgewacht.« Er schloss die graue Metalltür auf.

Achim ging hinter Falco. Sie blieben im Flur stehen. Nach und nach gingen die Lichter im *Walterchen* an. Der Geruch von Bier, Zigarettenrauch und Parfüm lag in der Luft.

»Gab Bambule gestern«, sagte Falco und zuckte mit der Schulter. Er drehte an den Ringen, die er an seinen Fingern trug, breite Silberringe mit eingefassten Edelsteinen. »Wenn die ihre Griffel nich unter Kontrolle haben, das is, als würd ich dir auf den Rasen scheißen.« Falco zog einen Ring vom Finger, wog ihn kurz in der Hand und steckte ihn wieder an.

Achim lehnte sich gegen einen der Barhocker. Falco ging um den Tresen herum und nahm zwei *Heineken* aus dem Kühlschrank. Er öffnete die Flaschen und stellte sie auf zwei Servietten. Sie nahmen gleichzeitig einen Schluck, das Bier war eiskalt. Für einen Moment beobachtete Falco ihn in den Spiegeln, die über der Bar hingen. Dann rülpste er, setzte die Flasche ab und holte eine Schachtel *Marlboro* aus seinem Jackett. »Drauf geschissen, so ist das Geschäft. Da haste monatelang Ruhe, dann kommen se alle auf einmal, als hätte jemand die Verrückten auf Knopfdruck rausgelassen.« Er nahm eine Zigarette und zündete sie an. »Wer is 'n eigentlich die Kleine, die an deiner Tanke 's Wechselgeld rausgibt?« Er nahm einen tiefen Zug und legte das goldene Feuerzeug auf die Schachtel.

Achim blickte auf das Feuerzeug und schnalzte mit der Zunge. »Hab mir 'ne neue Flamme angelacht, die kommt im Kombipack.«

»Wie alt ist die genau?«

»Sechzehn«, sagte Achim und steckte seinen Zeigefinger in den Flaschenhals.

»Dann sind sie am besten«, sagte Falco. Er ließ den Rauch langsam aus seinen Nasenlöchern entweichen. »Haste ihr schon Flötenunterricht gegeben?«

»Die spitz ich mir noch an«, sagte Achim. Er zog den Finger aus der Flasche und leckte ihn ab. »Wenn sie nach der Mutter kommt, ist sie nur dafür gemacht. Tropft wie 'n Kieslaster, die Alte.«

Beide lachten.

»Du bist 'n schneller Junge, Pütz, lass dir das mal gesagt sein. Hab ich gleich geschnallt, dass du kein Dummer bist.« Falco setzte sich auf einen der Hocker. Er pustete Staub von der Theke und beugte sich zu Achim. »Aber ich hab Probleme damit, wie du arbeitest und was dabei so alles auf der Strecke bleibt. Deine beiden Gorillas, der Behrentz und der Haller, die bauen Scheiße, die wollen einen nur ölen. Ham Schlaraffia auch schon von innen gesehen. Was ich sagen will – die Fressen kennt man, die haben ja nicht nur im Kino geraucht. Und du weißt, wie das ist – einmal stille Post, schon steht die Schmier in der Tür. Damit will ich nix zu tun haben.«

Achim hob seine Hände und winkte ab. »Ich verstehe«, sagte er. »Voll und ganz. Behrentz hat auf keinen Fall Bock auf noch mal Bau, und der Haller – der ist 'ne Nummer für sich, da geb ich dir voll und ganz recht, kennst ihn ja. Aber jeder Wolf wird mal ruhiger, oder?«

Falco richtete sich auf. »Über was für Hausnummern reden wir eigentlich?«

»Kommt alles vom Balkan«, sagte Achim und kam Falco entgegen. »Cirrus, Acatar, Sudafed – Nachschub ohne Ende, auch billiger das Ganze.«

Falco schüttelte den Kopf. »Was hängenbleibt.«

»'n Kilo stellen wir für knappe sieben Schleifen her, 'n bisschen was mit Bittersalz aufgestreckt – nicht zu viel, weil Marktführerargument. Gramm geht für hundert, hundertzwanzig. Die Leute sind tierisch heiß drauf, die zahlen den Preis.«

»Willst die Kuh melken«, sagte Falco und fuhr sich mit der Zunge über die Lippen.

Achim atmete aus. »In 'nem Jahr ist der Markt überschwemmt. Tschechen, Vietnamesen, die haben den Süden mit ihrem Piko überrollt, und wenn die einmal mit den Großküchen am Start sind, verfallen die Preise. Die hauen ohne Ende raus. Ist also 'ne Sache auf Zeit.«

»Wie kriegt ihr das Zeug unter die Leute?«, fragte Falco.

»Haller hat 'ne kleine Armee in der Stadt. Der kennt 'n Siebzehnjährigen, der 'n Kilo an 'nem Wochenende vertickt.« Achim nickte grinsend. »Der erkennt die, die sich das Zeug ruppen, am Schweißgeruch. In der U-Bahn, is in 'nem Club unterwegs – Druffis findeste überall. Und klar haste da Risiko, dass einer mal von der Schmiere hochgenommen wird – Schwund ist ja immer, aber die haben keine Mengen dabei, wo's dir schlecht von wird. Überschaubar. Geben 'ne Mobilnummer raus, bei Bedarf gibt es mehr.«

Falco nickte. »Klingt ordentlich.«

»Ja«, sagte Achim und legte beide Hände auf den Tresen. »Bombensicheres Geschäft.«

»Hör auf mit diesem Müll«, sagte Falco. »'s gibt kein kostenloses Essen. Einer muss bluten. Von irgendwem wird's genommen, so funktioniert die Scheiße nun mal.«

Achim nahm einen Schluck Bier und schwieg.

Falco beugte sich nach vorne und klopfte ihm auf die Schulter. »Ganz ehrlich, ich mag dich, aber mit so Idioten wie dir verdiene ich mein Geld. Sitzen zu Hause rum, spielen sich an der Lunte, irgendwann halten die's nicht mehr aus. Kriechen hier rein, den Diamantschneider im Anschlag, die würden ihre Sahne auch bei der Putze lassen.« Er stellte die Bierflasche auf den Tresen. »Geht nich um das bisschen Fickerei – 's geht um 'n Versprechen. Was vom Leben haben, wie in 'nem Werbeprospekt, ja? Das wollen die. Hier holen die sich ihren kleinen Teil vom Traum ab. Und du, du bist angespitzt, willst dich ins Fett setzen, dick abkassieren. Kommst angedackelt und machst einen auf Bittsteller. Was würde dein Alter dazu sagen?«

»Mein Alter ist tot, ich will noch was leben, und deswegen brauch ich die Kohle.«

»Ich weiß«, sagte Falco und lächelte. Er zeigte auf die Zimmer in der oberen Etage. »Dein Alter war oft hier.«

»Ja, aber ich will 'n Geschäft machen.«

»'n Geschäft«, wiederholte Falco. Er strich sich mit dem Daumen über den Nasenflügel. »Hab genug Märchen gehört für heute.« Er winkte ab und zeigte auf die leere Bierflasche, die Achim in der Hand hielt. »Drei Euro.«

»Drei Euro?«

Falco lächelte. »Hörst nicht zu«, sagte er. »'s gibt kein kostenloses Essen, hab ich gesagt. Sperr die Ohren auf.«

Achim griff in die Hemdtasche, holte einen Fünfer raus, legte den Schein auf den Tresen und strich ihn glatt.

»Rückgeld gibt's keins.« Falco klopfte mit der flachen Hand auf den Tresen und steckte den Schein in die Hose. Er ging die Bar entlang und drehte sich noch einmal um. »War noch was?«

»Nein«, sagte Achim. »Nichts.« In der Tür blieb er stehen und warf einen kurzen Blick zurück. Das *Walterchen* bestand nur aus Tischen und Stühlen, aus Zimmern, in denen Betten standen, aus Spiegeln, in denen sich die Gäste selbst sehen konnten, in dem sich das Treiben beobachten ließ, als sei jeder ein Hauptdarsteller.

Im Wagen starrte er auf den Kilometerzähler des Kombis, die Scheibe mit feinen Rissen durchzogen und gelb angelaufen. 257 889 Kilometer. Er sah noch einmal zum *Walterchen*, diesem langgezogenen, geduckten Bau, der im fahlen Tageslicht so unscheinbar wirkte. Dann startete er den Motor.

Er fuhr durch dass kleine Waldstück, das die beiden Täler miteinander verband, an alten Köhlerhütten und leeren Fischteichen vorbei. Nach der Hügelkuppe nahm er den Gang raus, öffnete das Fenster einen Spaltbreit, lauschte den Abrollgeräuschen der Reifen auf nassem Asphalt.

7

Das Klingeln des Glockenspiels, ein vorbeifahrendes Auto, Regen – dann fiel die Tür wieder ins Schloss. Die Luft schmeckte nach Benzin, Gummi, Duftbäumen. Frau Pollozek trug eine graue Fleecejacke, darunter ein pinkfarbenes T-Shirt mit ausgeblichenem Firmenaufdruck. Ihr Gang war schleppend, sie zog ein Bein nach. Die Alte kam regelmäßig in die Tankstelle. Kaufte Zigaretten, Wodka in kleinen Flaschen. Jedes Mal zahlte sie mit Hundertern. Achim sagte, mit so viel Bargeld mache sich jeder verdächtig.

»Eine Schachtel Reval ohne Filter und zwei von den kleinen Pullen.« Ihr Atem rasselte. Sie sah Marie an. »Du weißt schon, welche. Dahinten die.«

Marie nahm die Zigaretten aus dem Hängeregal und schloss den Schrank mit den Spirituosen auf. Sie stellte die zwei Flaschen Wodka auf die Theke. »Bitte.«

Frau Pollozek zog einen Hunderter aus ihrer Jackentasche und legte ihn auf die Plastikschale.

»Haben Sie's was kleiner?«, fragte Marie.

»Ist nicht mein Problem, wenn ihr kein Wechselgeld habt.«

Marie nickte. »War nur 'ne Frage.«

Die Frau sah an ihr vorbei und sagte: »Vergiss die Zigaretten nicht.«

»Ja, natürlich.« Marie legte die Schachtel neben die Flaschen. »Geht mich ja nichts an, aber Sie zahlen immer mit Hundertern.«

»Stimmt, geht dich nichts an.« Frau Pollozek nahm die beiden Flaschen und packte sie in eine braun angelaufene Stofftüte. Sie runzelte die Stirn, hielt inne und sagte dann: »Gib mir noch eine von denen.«

»Sicher?«

»Werd nich frech.«

»Schon gut«, sagte Marie und schloss den Schrank wieder auf.

»Meine Beine«, sagte Frau Pollozek und blickte an sich herunter. »Kaufe auf Vorrat.«

»Verstehe«, sagte Marie und reichte ihr die Flasche über die Theke. Danach suchte sie das Wechselgeld zusammen. Frau Pollozek pfiff leise vor sich hin.

Ein blauer Ascona stoppte an der ersten Tanksäule. Hinter dem Steuer saß ein bärtiger Mittvierziger. Von der Frau auf dem Beifahrersitz war nur das Gesicht zu erkennen. Der Mann schrie laut auf sie ein. Der Motor surrte gleichmäßig im Leerlauf. Marie sah die Alte an und schüttelte den Kopf. Die Alte sagte nichts, sie beobachtete einfach weiter die Szene. Schließlich legte der Mann den ersten Gang ein und fuhr los.

»Die, die ihren Jungen verloren haben.«

»Ist in einen Stollen gestürzt«, sagte Marie. »Habe ich jedenfalls gelesen.«

»Gestürzt«, wiederholte Frau Pollozek. »Schreiben die Zeitungen, ja. Aber ich sage – in Altglück, da hört dich niemand, da kann alles passiert sein.«

Marie nickte.

»Gestern hab ich einen Wolf gesehen«, sagte Frau Pollozek, ihr Blick verlor sich. »Hundert Jahre keine gehabt in der Gegend, und dann stand er da. Und wo einer ist, sind auch immer andere.«

Sie nahm die Zigaretten und ließ die Schachtel in die Stofftasche fallen.

»Ihr Wechselgeld«, sagte Marie.

Frau Pollozek blieb an der Tür stehen. »Ich rufe an«, sagte sie. »Der Pütz weiß Bescheid, der bringt mir meine Ration ins Haus, wenn ich keinen Schritt mehr tun kann.«

»Okay«, sagte Marie.

Die Alte hob ihre Augenbrauen. »Weißt du überhaupt, wo ich wohne?«, fragte sie und nickte Richtung Straße.

»Ist das Ihr Hund morgens?«

»Welcher Hund?«, fragte sie und runzelte die Stirn. »Ich habe keinen Hund.«

»Ich höre morgens einen Hund bellen.«

»Bist du dir sicher, dass es ein Hund ist?«

»Ich habe ihn jeden Morgen gehört«, sagte Marie. »Bis auf heute Morgen.«

»Vielleicht hat ihn der Wolf geholt«, sagte die Alte und klopfte mit ihren knochigen Fingern gegen die Scheibe.

Marie sah der Alten hinterher und nahm eine Flasche aus dem Schrank. Ihr Vater trank die gleiche Marke. Die Flaschen standen im Supermarktregal ganz unten, mit schmucklosen Etiketten. Er hatte sie oft losgeschickt, um Nachschub zu besorgen. Die Frauen an der Kasse zogen die Flaschen über das Band und kassierten. Sie stellten nie Fragen, sahen ihr nie in die Augen, wenn sie das Geld entgegennahmen.

Die Alte ging langsam und gebückt. Sie machte alle paar Schritte eine Pause, sortierte etwas in den Taschen ihrer Fleecejacke, ging dann weiter.

8

Funken stiegen aus der Glut in den Nachthimmel. Sie saßen auf Campingstühlen um die Feuerstelle und hatten ihre Füße auf die Randsteine gelegt. Das Bier stand in einem Eimer mit inzwischen lauwarmem Wasser. Sie hatten den ganzen Abend hinter der Scheune getrunken. Achim spuckte in das Feuer. Die Glut zischte. Er hielt sein Jagdmesser in der Hand und schnitzte an einem Kiefernast. Hallers und Behrentz' Blicke kamen ihm leer vor, von ihnen waren nur die Gesichter zu erkennen, der Rest verschwand im Schatten.

Achim hielt den Ast schräg nach unten und zog die Klinge über das Holz. Er tippte mit dem Finger auf die Spitze und pfiff leise durch die Zähne. Die Späne warf er in die Flammen. Funken stiegen auf. Er drehte die Klinge, der Schein des Feuers spiegelte sich im polierten Metall.

Haller räusperte sich und nahm einen Schluck Bier. »Was war 'n bei Falco heute?«

»Hat angebissen, lässt mich aber zappeln.« Achim warf den Ast ins Feuer. »Der tut jetzt so, als hätt er schwer Stacheldraht inner Tasche und könnt nichts losmachen, im Stillen hat der garantiert schon alles durchgerechnet, unten steht 'n dickes Plus. Er weiß, es ist 'ne verdammt gute Idee, und auch wenn wir danach erst mal wieder nur Sand zwischen den Fingern haben, ich seh das langfristig. Ich hab ’n Plan«, er tippte sich gegen die Stirn, »hier drin. Ich hab ’n Plan.«

»Sieht aus wie ’n Schwuler«, sagte Haller. Er stellte die Bierflasche zurück in den Eimer und stand auf. Dann bewegte er seine Hüften wie eine Tänzerin und spreizte den kleinen Finger ab.

Behrentz kicherte und sagte: »Falco?«

»Hört sich selber gerne reden«, sagte Achim. »Riecht wie eine seiner Nutten. Hundert Meter gegen den Wind.«

Haller lachte. »Und diese beschissene Sonnenbrille.«

»Ja«, sagte Achim und schüttelte den Kopf. »Aber der kann stinken und aussehen wie die letzte Schwuchtel – der hat was am Laufen. Der sitzt nicht geputzt hinterm Haus und säuft billiges Flaschbier.«

»Das *Walterchen* ist ’ne Goldgrube«, sagte Haller. »Ist weit und breit nix, und da kommt auch nix, da hat der schon den Daumen drauf, lass dir das gesagt sein. Was der anpackt, das macht der zu Dolores. Und immer sauber geblieben. Nich einen Kratzer abgekriegt, der Hund.«

»Eben mit den richtigen Leuten unter einer Decke«, sagte Achim und presste die Lippen aufeinander. »Der verteilt das Bakschisch richtig.«

»Mit der Umgehungsstraße hat ihm einer von ganz oben gesteckt, die Grundstücke hat der für’n Appel und ’n Ei eingesackt, bevor überhaupt einer wusste, was Ambach is«, sagte Haller. Er nahm die Flasche wieder aus dem Eimer und rollte sie zwischen den Händen hin und her. »Mit den Häusern hat der sich aber schön verzockt. Kann keiner rein, die haben da gepfuscht ohne Ende. Der gute Radosta hat das ’ne Horde Albaner machen lassen. Keinen blassen Schimmer hatten die. Haben Bruchbuden hingestellt, da würd ich meinen Köter nich reinscheißen lassen. Ist der Estrich aufgeschüsselt, kannste nur noch 'n Amboss in jede Ecke stellen. Zum Vergessen.«

»Der Radosta …«, sagte Achim. »Und Falco?«

Haller schüttelte den Kopf. »Radosta sagt, ist ganz klar die Schuld des Architekten – sind dem seine Subs, sagt er. Die Albaner waren natürlich fix weg, klar. Falco hat den Architekten besucht, aber der war auch mehrfach chemisch gereinigt. Hatte 'ne Luger im Schreibtisch und die direkt blankgezogen. Hat die Chose also nicht zum ersten Mal durch.«

Achim lehnte sich zurück und legte die Füße auf den Randstein der Feuerstelle. Er schaute zu Haller hoch. »Falco ist kein Idiot. Geht langsam auffe Rente zu, das isses.« Er hob einen Kronkorken vom Boden auf, drehte ihn hin und her und warf ihn dann ins Feuer. »Soll das Geld ausspucken, damit der Dicke hier, unser Behrentz, kochen kann. Der macht bei der Sache keinen Finger krumm.«

Haller setzte sich wieder und nickte. »Und nicht das Schnüffeln anfangen.«

»Nein«, sagte Achim. »Der Junge, das interessiert den nicht. War 'n Kollateralschaden.«

»Hab dir schon mal gesagt – lass die Scheißfremdworte.« Haller hob die Augenbrauen.

Achim beugte sich nach vorne. »So 'ne Scheiße darf nicht noch mal passieren. Sieht nicht gut aus, wenn ständig die Schmier auftaucht, dumme Fragen stellt – soll mal alles so bleiben, wie es is.«

Hallers vernarbtes Gesicht glänzte im Schein der Flammen. »Ich, mein Freund, ich hab dem Panz die Augen auf null gedreht, als der sich verpissen wollte, nich du.« Er hob das Kinn. »Scheiße passiert. Lassen wir den laufen, singt der Kleine sein Liedchen, und kaum haste bis drei gezählt, sitzte in der Boxerbude. Behrentz hat das ja gleich kapiert. ’s nächste Mal stehst du jedenfalls nich rum, als wär nix.«

»Scheiß der Hund drauf«, sagte Achim. »Nix ist passiert. Ist alles so gekommen, wie ich gesagt habe.«

Behrentz nickte. »Glück hast du gehabt.«

»Nein«, sagte Achim. »Hat mit Glück nix zu tun.«

»Nur weil du ’n bisschen im Lexikon geblättert hast, haste ’s noch lange nicht mit Löffeln gefressen, glaub mir.« Behrentz war auf einmal lauter geworden.

Achim hob die Hände. »Die Wildschweine hab ’n Fetzen übrig gelassen, damit können die bei der Schmier nichts anfangen. Ich hab gesagt, ’s sieht nachher aus wie ’n Unfall. Der Kleine bricht sich den Hals, weil er da rumklettert, wo er nicht soll. Was weiß ich, und dann isses eben Altglück. Mehr wollen die auch nich wissen. Denkste, die Bullen, die extra den Berg hier raufkommen, die legen den auch noch aufs Silbertablett und schneiden den auf? Haben die gar keine Kohle für, und außerdem haben die was ganz anderes zu tun.« Er lachte. »Miese Türken mit langen Bärten hochnehmen.«

Hallers Gesicht kam im Schein des Feuers auf ihn zu, sein eckiges Kinn, die flache Stirn und die schmalen Augen bekamen etwas Maskenhaftes. Ihm entging keine von Achims Bewegungen. »Pass auf«, sagte er. »Ich wiederhol mich nich gerne. Wir hab’n das lang genug durchgekaut. Worte machen, da biste immer groß, und das kommt der Sünde schon ziemlich nah – denk dran, gesagt is nicht getan. Ich will an die Asche ran, da is ’ne Menge Asche, die liegt vor uns auf der Straße – müssen nur hinlangen.« Er machte eine Pause. »Hol Falco an Bord, der soll uns einfach nur die Kohle rüberwachsen lassen.«

»Wir ziehen das durch«, sagte Achim. »Ich hab nix auf der hohen Kante, mit bisschen Sprit verkaufen und an Karren rumbasteln, das reicht vorne und hinten nich. Geht alles vor die Hunde, sag ich dir, deswegen will ich wissen, was Ambach is.«

»Lass dich nicht auf Spielchen ein«, sagte Haller und nahm einen Schluck Bier. Er kippelte mit dem Campingstuhl und lehnte sich nach hinten. »Der soll glauben, dass er richtig Schnitt macht. Füße stillhalten, manchmal musste einfach die Füße stillhalten. Der kommt schon.«

Sie sahen sich schweigend an. Jeder kehrte zu seinen eigenen Gedanken zurück. Achim nahm das Messer in die Hand. Er spürte die scharfe Klinge am Handrücken und legte den Kopf in den Nacken. Der Nachthimmel war schwarz und ganz ohne Sterne.

9

Durch den Beton brach Unkraut, die Zapfsäulen waren unlackiert. Auf einem Schild stand: *Letzte Tankstelle vor –*. Die restlichen Lettern ausgeblichen. Zerbrochene Terrassenplatten markierten die Kundenparkplätze. Radkappen, Felgen und ölverschmierte Motorteile stapelten sich auf dem Grünstreifen.

Zwei Männer standen vor der Werkstattgarage und arbeiteten an einem Opel Admiral. Die Motorhaube stand offen. Dunkel blieb vor der Garage stehen.

»Rover«, sagte der Mann, der ungefähr in Dunkels Alter sein musste, und zeigte auf den Wagen, den der neben den Tanksäulen geparkt hatte. »Schöner Wagen. Mach Ihnen ’n Angebot, das Sie nicht ablehnen können.«

»Damit muss ich noch zurück nach Spanien«, sagte Dunkel. »Wenn ich Ihnen den verkauf, häng ich hier fest.«

Der Mann nickte, schob sich die Mütze in den Nacken und rieb sich mit einem Lappen die ölverschmierten Hände sauber. »Was kann ich für Sie tun?«

»Ich brauch ’n paar Sachen«, sagte Dunkel. »Power Pack, Propan«, er machte die Schluckgeste, »was zum Warmhalten.«

»Da lässt sich was machen. Schnaps und Camping. Nicht

hier in der Gegend, hoffe ich. Gibt's nix außer Regen um diese Zeit.« Er zeigte auf die Jacke, die Dunkel trug. »Jäger?«

»Nicht mehr«, sagte Dunkel. »Auf was geht man hier?«

»Auf alles, was sich bewegt.« Sie sahen sich an. »Hier geht's auf alles. Höchste Langwaffendichte des Landes. Stellen nicht so viele Fragen, wenn wir unter uns sind. Gehen raus, wenn wir Hunger haben. Soll sogar wieder Wölfe geben – ich hab noch keine gesehen, aber 'n Wilderer hat letztes Jahr einen erwischt. Hat ein paar Damhirsche in 'nem Gehege gerissen.«

Dunkel nickte.

»Wo stehen Sie?«

»In Altglück.«

Der Mann ließ den Lappen auf eine Werkzeugbox fallen. »Haben Sie 'ne Flasche für das Propan?«

»Im Kofferraum.«

»Gut«, sagte er. »Bringen Sie vorne rein. Fülle ich auf. Power Packs habe ich paar im Angebot.« Er räusperte sich.

»Wie lange bleiben Sie?«

Dunkel starrte in eine Öllache auf dem Boden. »Keine Ahnung, wie lange ich bleibe.«

»Wir ham's hier nicht so oft mit Fremden zu tun, da ist man schon mal neugierig.«

Dunkel ging zurück zum Wagen. Er schloss den Kofferraum auf und hob die Gasflasche aus der Wanne.

Ein Mädchen sortierte Zigaretten in ein Regal ein. Sie nickte ihm kurz durchs Schaufenster zu, als er die Tür aufzog.

»Wegen dem Propangas«, sagte Dunkel und hob die Flasche an.

Sie zeigte auf eine Tür neben den Kühlschränken. »Stellen Sie die Flasche ab und warten da. Er kommt gleich.«

Dunkel ging um das Regal mit den Süßigkeiten und

stellte die Flasche neben die Tür. Er nahm zwei Flaschen Wasser aus dem Kühlschrank. »Das Wasser«, sagte er und stellte beide Flaschen auf den Tresen. »Eine Stange *Camel ohne* und drei *Zinn 40.*«

Das Mädchen rollte mit den Augen.

»Was?«

»Sonst hat man hier nichts zu tun«, sagte sie und zeigte auf die Spirituosen.

Dunkel legte eine Hand auf die Verkaufstheke. »Ich bin nicht von hier.«

Sie strich sich eine Strähne aus dem Gesicht und nahm die Flaschen aus dem Schrank.

»Müll nicht die Kunden voll.« Der Mann trat aus der Tür und nahm die Propangasflasche.

Dunkel sah in einen langen, schmalen Gang, der zu einer Art Büro führte.

»Mach deine Arbeit, ansonsten hältst du dich gefälligst geschlossen.« Der Mann hatte Hemd und Mütze ausgezogen, die Haare feucht zurückgekämmt. »Moment noch«, sagte er und verschwand wieder in dem Gang.

Das Mädchen sah an Dunkel vorbei aus dem Fenster. Ihre Haare waren schulterlang, die Lippen geschwungen.

»Propan hab ich voll gemacht. Power Pack gibt's nur den einen, Lithiumionen, besser als Bleisäure, Netzteil ist dabei, können Sie überall aufladen.« Der Mann stellte den kleinen Kunststoffkasten neben die Propangasflasche.

Dunkel griff nach den Scheinen in seiner Jackentasche und fragte: »Ihre Tochter?«

Der Mann schüttelte den Kopf und zählte ein paar Münzen ab. »Hilft nur aus. Jeder muss was tun fürs Brot.«

Dunkel nickte, legte die Hand auf das Rückgeld und zog es vom Tresen.

»Vergessen Sie die hier nicht«, sagte das Mädchen und tippte auf einen der Schraubverschlüsse.

Dunkel legte die Flaschen auf den Beifahrersitz. Das Mädchen stand noch hinter der Kasse. Sie sah gelangweilt aus dem großen Fenster, das von fettigen Handabdrücken übersät war. Immer wieder strich sie durch ihr braunes Haar, als würde sie auf etwas warten. Er startete den Motor und fuhr an. Als er in den Rückspiegel sah, war das Mädchen verschwunden.

10

Der Regen hatte aufgehört. Vor der Werkstatt standen drei Autos, Kleinwagen, die Windschutzscheiben von innen beschlagen, Laub auf den Motorhauben. Über dem Asphalt feiner Dunst.

Achim sah den Audi, hörte, wie die Fahrertür zugeschlagen wurde, dann die Schritte. Er konnte ihn riechen. Er beugte sich über die geöffnete Motorhaube und klopfte mit dem Schraubenzieher gegen eine Verstrebung.

»Was kann ich für dich tun?«

Falco zog sein Jackett aus und lehnte sich gegen die Werkstattwand. »Bist immer noch ’n erstklassiger Pferdeflüsterer, hab ich gehört.«

»Sagt wer?«

Ein Neuneinhalbtonner fuhr vorbei, der Motor gab ein dumpfes Grollen von sich. »Das hört man, wenn man sich mit Leuten unterhält«, sagte Falco. »Mit den richtigen Leuten.«

»Hier oben gibt’s noch ganz andere Männer, die was von Pferden verstehen.«

»Ich hab festgestellt«, sagte Falco und klopfte einen Staubfussel vom Jackett, »dass Pferde wie schöne Frauen sind. Du behandelst sie gut, liest ihnen jeden Wunsch von den Lippen ab.« Er machte eine Pause und rieb sich mit dem Daumen über die Lippen. »Aber manchmal bocken sie eben.«

Achim legte den Schraubenzieher zurück in die Werkzeugkiste und nahm eine Zigarette aus der Schachtel im oberen Fach. »Hab ich schon lange nicht mehr gemacht, die Sache, von der du da redest.«

»'s is wie Radfahren. Verlernt man nicht.« Falco holte das vergoldete Feuerzeug aus seiner Hosentasche und hielt es Achim unter die Nase. »Zünd dir die Lulle endlich an, oder lass es bleiben.«

Achim nahm das Feuerzeug und fuhr mit dem Zeigefinger über das Reibrad. »Ich soll dir also 'n Gefallen tun.«

»Keinen Gefallen«, sagte Falco und zeigte auf das Feuerzeug. »Kannst es behalten.«

»Wo steht der Zosse?«

»Auf 'ner Koppel hinter Neuglück.«

Falco gab Gas und nickte Richtung Tankstelle. »Die Kleine da – wie heißt die eigentlich?«

Achim lehnte sich in den Sitz und sah in den Seitenspiegel. »Marie.«

»Marie«, wiederholte Falco. Sie bogen auf eine unbefestigte Schotterstraße ab. »Wie läuft deine Tankstelle.«

Achim spitzte die Lippen und schwieg.

»Was ist mit dem Land? Haste mal drüber nachgedacht? Liegt an der Auffahrt. Baugewerbe – steckt richtig was drin.« Sie passierten einen Hof. Im Hauptgebäude, einem zweistöckigen Bau aus Backsteinen, hatte jemand die Fensterläden herausgerissen. Die Mauer aus Findlingen, die den Hof zur Straße hin abgrenzte, war eingestürzt, die Steine lagen verloren auf dem Lehmboden.

»Schlotthauer«, sagte Falco und öffnete das Seitenfenster. Die Scheibe fuhr mit einem surrenden Geräusch nach unten. »Hab's ihm abgekauft.« Er tippte sich mit dem Zeigefinger gegen die Stirn. »Dem sein Hirn hat Löcher wie 'n Schweizer Käse – weiß nich mehr, wer du bist, wenn du für 'ne Minute aus'm Zimmer raus warst.«

»Scheiße«, sagte Achim. Fahrtwind kühlte sein Gesicht.

»Jetzt pisst der sich in die Hose und muss sich den Arsch abwischen lassen.« Falco schüttelte den Kopf. »Hat eine Tochter, die in Spanien lebt, mit der hab ich alles geregelt.« Er öffnete eine Hand und schloss sie zur Faust. »Ich muss mit dem Land nichts machen. Bis sich was mit der Umgebung tut. Dann steh ich an erster Stelle.«

Zwei fette Kater schlichen neben der Schotterstraße auf der Suche nach Beute durch das niedrige Gras. Falco lenkte den Wagen scharf nach rechts, um sie mit dem Vorderreifen zu erwischen, wild fauchend verschwanden die beiden im Maisfeld.

Die Koppel lag neben einem alten Stall, dahinter weitläufiges, hügeliges Land. Falco parkte neben einem Transit ohne Nummernschilder. Sie stiegen aus dem Wagen.

Ein Mann im blauen Overall und Strickmütze auf dem Kopf kam ihnen entgegen. Er begrüßte sie mit einer müden Handbewegung.

»'n Polake«, sagte Falco. »Zloty-Millionär. Guckt, dass alles seine Ordnung hat, zu Hause isser König der Datscha.«

Achim setzte einen Fuß auf das unterste Stangenholz des Koppelgatters und lehnte sich dagegen. »Gab diesen Hengst, Mutabor. Sollten den auf 'ne Araberschau vorbereiten. Ich bin extra durch die Fließe mit dem gewatet, Stangen, Cavalettis, das volle Programm. Mähne und Schweif mit Backpulver gewaschen. Am großen Tag haben wir ihm noch paar Zentimeter Mähne wegrasiert, und 'n bisschen

Ingwer in den Arsch gerieben – das Pferd sah aus wie Gold. Und dann hat es gemacht, was es wollte.« Achim rieb sich über das Kinn und sah Falco an. »Wenn ich mit dem Gaul fertig bin, kannst du den mit Zahnseide anbinden, der muckt nie wieder.«

Das Land hinter der Koppel mündete in einer flachen Senke. Der Geruch nach vermoortem Schlatt wehte herüber. Auf der Oberfläche des schmalen Fließes, das sich durch das Grün der Senke schlängelte, schwirrten Zuckmücken – kleine, schwarze Punkte. Achim wandte sich zum Stall.

Das Pferd steckte seinen Kopf aus der Box, hob den Schweif, drehte schnaubend Kreise. Die Augen rotierten in den Höhlen. Es war ein junger Hengst, hochaufgeschossen, mit glänzend schwarzem Fell und kräftigen Flanken.

»Er weiß, dass wir was vorhaben«, sagte Achim. Der Ammoniak des Pferdeurins stach ihm in die Nase.

Falco war im Eingang stehengeblieben.

»'ne halbe Tonne Muskeln, wenn die erst mal läuft, dann haste nich mal mehr Zeit, noch weiß im Gesicht zu werden.« Achim lächelte. Er streckte seine Hand aus und rieb dem Pferd über die Nüstern.

Die Wolkendecke brach auf, Sonnenlicht ließ das Grün der Weiden kurz leuchten. Achim trat neben Falco, beschirmte seine Augen und ließ den Blick schweifen. »Der Baum neben dem Waldstück, der hält den Ritt aus.«

»Das Pferd hat 'ne Menge Asche gekostet.«

»Garantien gibt's keine«, sagte Achim und spuckte auf den Boden. »Ich hol mal die Sachen.«

Falco presste die Lippen aufeinander. »Kofferraum is offen.«

Er legte sich den Schlauch über die Schulter, schloss den Kofferraum und ging zu den Regentonnen hinüber. Der

Schlauch hatte im Laufe der Zeit eine schmutzig graue Farbe angenommen, das Obermaterial war an einigen Stellen abgeplatzt. Achim führte den Schlauch durch die Handfläche, hielt immer nur ein kurzes Stück unter Wasser, wickelte den Schlauch so weiter ab. Er war immer noch intakt.

Im Stall trat das Pferd auf der Stelle, spürte die Anspannung. Dann senkte es den Kopf, blieb ruhig stehen, sein Blick suchte den Raum ab, nur die Hufe scharrten noch über die Erde. Es schlug die Zähne aufeinander und drehte sich dann wieder um die eigene Achse. Hufe schlugen gegen die Boxwand, Holzsplitter flogen durch die Luft. Achim trat vor die Box, schwang den Schlauch über dem Kopf und verpasste dem Pferd einen Schlag auf die Kruppe. Das Hinterteil sackte ab, der Hals bog sich über den Rücken, und Speichelflocken sprühten aus dem Maul.

Er wartete, bis das Schnauben wieder leiser wurde, und dann schlug er noch einmal zu, diesmal auf die Sprunggelenke. Das Pferd riss den mächtigen Kopf nach oben, Schweißtropfen perlten dabei über das Fell, seine Flanken bebten.

Achim legte sich den Schlauch wieder über die Schulter und wartete, bis das Pferd sich beruhigt hatte und langsam näher kam. Er ließ seine Hand bis unter dessen Kehle gleiten, spitzte die Lippen und pustete ihm zwischen die Augen. Der Gaul wieherte und legte den Kopf schief. Er fasste das Halfter, zog den Kopf des Pferdes nach unten und schob das Seilende durch die Öse unterm Maul. Danach öffnete er die Box, zog einmal am Strick, das Pferd folgte ihm im Trott.

Achim führte es aus dem Stall auf die Koppel, blieb ein paar Meter vor der Eiche stehen, verknotete das eine Ende des Gummischlauchs mit dem Anbinder, das andere wickelte er um den Stamm und verknotete es ebenfalls. Dann zog er mit voller Wucht am Schlauch.

Der Gaul startete durch, nahm Tempo auf, schier unaufhaltsam. Die Kraft trieb ihn auf einen Punkt zu, gnadenlos, unbändig, der Gummischlauch dehnte sich, ein endloses Knirschen, dann herrschte für den Bruchteil einer Sekunde absolute Stille. Das Pferd riss das Maul weit auf und gab ein ersticktes Seufzen von sich, die Hufe standen senkrecht in der Luft, und mit einem dumpfen Klatschen landete es wieder auf dem Boden, Gras und Erdklumpen stieben auseinander.

Achim spuckte aus und ging langsam auf den Gaul zu. Wie betäubt lag er da. Still, mit einem leisen Wiehern legte er den Kopf zur Seite und öffnete die Augen. Da war keine Wildheit mehr, nur Leere.

Er blieb vor dem Kopf stehen, bückte sich und wischte dem Tier das Blut vom Maul. Dann löste er den Knoten vom Gummischlauch, ließ es hochkommen und führte es zurück zum Stall. An der Regentonne tauchte er die Hände ins kalte Wasser und wusch ihm Nüstern und Augen. »Kannst ihn reinbringen«, sagte er zu dem Mann im Overall. Der Mann sah an ihm vorbei und schüttelte den Kopf.

Falco saß schon hinter dem Steuer. Er machte keine Anstalten loszufahren, als Achim eingestiegen war. Eine Weile hörte man nur ihren Atem.

»Was ist da grade abgelaufen, verdammte Scheiße?«

Achim schwieg. Er fischte eine Zigarette aus der Jackentasche und balancierte sie zwischen Daumen und Zeigefinger.

»So was hab ich ja noch nie gesehen«, sagte Falco leise.

Achim kaute auf dem Zigarettenfilter und nahm dann das goldene Feuerzeug aus der Hosentasche. Falco sah zum Feuerzeug und nickte.

11

Marie nahm den Weg hinter der Tankstelle. Die Alte hatte am Morgen angerufen, ihre Stimme verwaschen und undeutlich. Über die schmale Straße, an zwei verlassenen Fachwerkhäusern vorbei durch die Senke in Richtung Bruch. Sie blickte in die Hänge, auf denen Spitzahorn, Sommerlinde und Esche so eng beieinanderstanden, dass kaum Sonnenlicht durchdrang. Die Farben wirkten unbestimmt und grau. Marie zog den Reißverschluss ihrer Jacke hoch. Auch ihre Jacke wirkte grau, sie fuhr mit den Fingern über den Stoff. Die Flaschen in dem Plastikbeutel schlugen aneinander.

Zwischen den Bäumen lagen umgestürzte Stämme, ihre Stümpfe ragten aus dem vom Laub bedeckten Boden heraus, die schartigen Oberflächen mit Moos bewachsen und von Trameten befallen. Nach und nach wurden die Hänge steiler, wurden von hellen Gesteinsschichten gesäumt, die wie dünne Pfannkuchen übereinanderlagen.

Achim hatte ihr erzählt, dass das Haus der Alten früher einem Förster gehört hatte. Nach seinem Tod war es jahrelang unbewohnt gewesen, niemand wollte in der Schlucht leben. Menschen mochten das Gefühl nicht, von allem verlassen zu sein. Die Natur war voller Leben, aber sie wirkte hier bedrohlich und beklemmend, nicht wie auf den Hochglanzbildern aus einem Reiseprospekt. Marie passierte einen Tümpel, über dem sich eine Algendecke ausgebreitet hatte. Ein leises Summen im Schilf. Auf der Hochstaude nahe dem Gewässer stand Mädesüß, die Nussbalge mit den neuen Samen bereits braun verfärbt. Achim hatte ihr erklärt, wie die Pflanzen hießen.

Die Hausfassade schimmerte grün im Nachmittagslicht. Eine Fensterscheibe im Obergeschoss war durch Pappe ersetzt worden. Der Baum, der schon vor Jahren auf den Zaun gestürzt sein musste, war über und über mit Moos bewachsen. Marie trat näher. Die Borke fühlte sich rau und feucht an. Ein Käfer krabbelte über ihren Finger und verschwand dann in einem tiefen Riss.

Sie öffnete das Tor und ging über den mit Laub bedeckten Weg. Die Flaschen in der Plastiktüte schlugen gegeneinander – die übliche Ration, drei kleine Flaschen Wodka und filterlose *Reval.* Auf dem Klingelschild stand der Name. Marie buchstabierte P-O-L-L-O-Z-E-K. Sie wusste nicht, wie man den Namen richtig aussprach. Nach dem dritten Schellen hörte sie ein lautes Fluchen.

Frau Pollozek trug einen ausgewaschenen blauen Morgenmantel, das graue Haar stand ihr wirr vom Kopf ab. Marie roch den Alkohol in ihrem Atem. »Ihre Bestellung«, sagte sie und hob die Tüte an. »Sie hatten vorhin angerufen.«

»Ach, du bist das, ja.« Die Alte brauchte einen Moment, um sich zu sammeln. Sie öffnete die Tür ein Stück mehr. »Frierst du etwa?«

Marie hatte die Jackenärmel über ihre Hände gezogen. »Ist verdammt kalt.«

Die Pollozek nickte. »Warte ab, bis der Winter kommt.«

Marie hielt die Tüte immer noch in der Hand, und

dann schüttelte die alte Frau den Kopf und sagte: »Komm schon rein.«

Marie folgte ihr durch einen langen Flur. Im ganzen Haus war es dunkel, alle Zimmertüren waren geschlossen.

»Gib mir die Tüte und geh durch, der Kamin brennt«, sagte die Pollozek. »Und nichts anfassen!«

In dem Raum am Ende des Flurs hingen Bündel getrockneter Kräuter von der Decke, die ehemals hellen Wände waren mit einer öligen Schicht Ruß bedeckt. Das Feuer im Kamin gloste nur noch träge. Marie streckte ihre Hände aus und spürte die Wärme. Neben dem Kamin stand eine Schaufensterpuppe wie aus dem Kaufhaus. Sie trug einen Wollmantel, und um die Schultern lag eine Stola aus rotbraunem Pelz. Marie strich durch das Fell und wog den Fuchskopf in der Hand. Er war hohl und leicht, die Augen glänzten dunkel. Es fühlte sich nicht an wie ein Tier, das jemals gelebt hat.

Auf der Kommode standen Fotografien in Schwarzweiß, die Rahmen verstaubt, das Silber angelaufen. Die Gesichtszüge der Alten hatten sich in all den Jahren kaum verändert. Sie lächelte auf keinem, starrte immer ausdruckslos an der Kamera vorbei. Ein kleineres, vergilbtes klemmte vor einem der Rahmen. Marie bückte sich und sah genauer hin. Die Augen des Mannes waren groß und hell, der Blick stechend. Er wirkte gelangweilt, aber auf eine Art, die gefährlich werden konnte.

Vor Jahren hatte ihr Vater einen Mann in einem Einkaufszentrum verprügelt. Ihre Mutter probierte gerade in der Umkleidekabine eine Hose an. Den Mann hatte Marie zuvor noch nie gesehen. Er war nur irgendein Fremder. Er stand vor einem Wühltisch und hatte ein paar Worte mit ihrem Vater gewechselt, dann waren sie aufeinander losgegangen. Sie rissen dabei Warenständer um, stürzten selbst zu Boden. Frauen schrien, Kinder weinten, die Männer kämpften laut keuchend weiter, bis schließlich die Polizei kam. Jemand rief einen Notarzt, der Fremde blutete stark aus einer Platzwunde am Kopf. Die Leute bildeten einen Kreis um die Männer und Marie, sie redeten leise, gingen schließlich kopfschüttelnd davon. Später sagte ihr Vater, dass ihm einfach langweilig geworden war, und dabei hatte er gelächelt, nach jedem seiner Worte hatte er gelächelt.

»Ja, das bin ich.«

Marie zuckte zusammen.

Die Alte blieb in der Tür stehen und hielt sich mit beiden Händen an der Klinke fest. Marie wusste, was sie in dem anderen Zimmer gemacht hatte. Die glasigen Augen und die leicht fahrigen Bewegungen. Sie zeigte auf das kleine Foto. Die Alte sah an ihr vorbei aus dem Fenster. »Mein Mann. Tot, schon lange.«

Marie musterte noch einmal das Bild, die Augen. »Tut mir sehr leid«, sagte sie dann.

Frau Pollozek nickte und legte einen Schein auf die Tischplatte. »Vor was seit ihr weglaufen, du und deine Mutter?«

»Wir sind nicht weggelaufen.«

Sie schob den Schein weiter in die Tischmitte. »Ach nein? Hier tauchen jedes Jahr irgendwelche Figuren auf, die Ärger haben, unten in der Stadt oder sonst wo. Die nächste Polizeiwache ist dreißig Kilometer weit weg. Einer wollte sich hier vor dem Knast drücken, letztes Jahr war das, hat in einer Hütte in Neuglück gehaust, den ganzen Winter über. Ich hab gesehen, wie sie ihn wieder abtransportiert haben. Abgemagert bis auf die Knochen. Hat am Ende das Vogelfutter gefressen.«

»Wir laufen nicht weg«, sagte Marie. »Meine Mutter verliebt sich schnell.«

»Ach ja?«

»Meistens hat es sich nach ein paar Wochen erledigt. Dann schmeißt sie die Typen raus.«

»Und jetzt ist es anders.«

Marie nickte.

»Liebe macht blind«, sagte die Alte. »Am Ende steht man mit nichts da.« Sie schüttelte den Kopf und machte eine wegwerfende Handbewegung. »Ihr seit ja erst ein paar Wochen hier.«

Marie nickte, die Alte sah an ihr vorbei in den Flur und fragte: »Und wo ist dein Vater?«

»Keine Ahnung«, sagte Marie. »Irgendwo unterwegs wahrscheinlich.«

»Unterwegs?«

»Er ist nicht so wie andere Väter.«

»Ich verstehe.« Frau Pollozek setzte sich und legte die Hände vor sich auf den Tisch.

Marie zeigte auf die Kräuterbündel. »Wofür brauchen Sie die?«

»Für alles Mögliche«, sagte sie. »Für Wunden, die schlecht heilen zum Beispiel.«

Marie tippte mit dem Zeigefinger auf den Schein. »Hab nicht genug Kleingeld dabei. Bring ich die Tage rein.«

»Hat Zeit«, sagte die Alte. »Geld ist nicht alles.« Dann machte sie eine Pause. »Der Junge«, fuhr sie fort, »der Junge, der ist nicht in den Stollen gefallen. Was anderes ist passiert, da ist was ganz anderes passiert.«

Marie runzelte die Stirn. »Woher wollen Sie das wissen?«

Frau Pollozek lächelte und senkte den Blick. »Ich weiß es einfach.«

»Ich muss los«, sagte Marie und nahm das Geld an sich. »Den Rest, wie gesagt …«

»Bringst du vorbei, ich weiß.«

Marie blickte noch einmal zurück zu dem Haus. In einem Zimmer im oberen Stockwerk brannte jetzt Licht. In der Dämmerung wirkte das Haus kleiner. *Frau Pollozek. Witwe Pollozek.*

12

Das Stück Papier lag im Fach der Mittelkonsole. Sie warf das Feuchttuch aus dem Seitenfenster und las: *Milch, Eier, Kaffee, Bananen.* Er lehnte sich im Fahrersitz zurück, zog den Bauch ein und stopfte sich das Hemd in die Hose. Sie sah an ihm herunter, nahm sich eine Zigarette aus seiner Schachtel und zeigte auf das Stück weißen Stoff, das aus seinem Hosenschlitz ragte.

»Scheiße!«, sagte er und fingerte am Reißverschluss herum.

Sie beugte sich über ihn, die Zigarette zwischen den Lippen, und zog den Stoff so lange zurecht, bis er nicht mehr hakte.

Er griff in die Hemdtasche und holte einen Fünfziger heraus. Sie nahm den Schein mit zwei Fingern und sagte: »Nicht mal 'ne Hose richtig zumachen können.«

Er fischte seine Brille vom Armaturenbrett und setzte sie auf. Seine Augen erschienen hinter den Gläsern größer.

»Hast du eine Telefonnummer?«

Sie schnippte die Zigarette aus dem Seitenfenster und nahm die Handtasche vom Rücksitz. »Gib mir deine Nummer«, sagte sie und holte ein schwarzes Notizbuch aus der Tasche. »Schreib sie da rein, und so, dass ich es lesen kann.«

»Okay«, sagte er. »Hast du einen Stift?«

»Wie bist du bis jetzt durchs Leben gekommen?« Sie schüttelte den Kopf und suchte in ihrer Tasche nach einem Kugelschreiber. »Keine Namen. Schreib MANN MIT BRILLE.«

»Mann mit Brille?«

»Schreib irgendwas.«

Sie wartete, bis er seine Telefonnummer in eine der Zeilen eingetragen hatte, dann öffnete sie die Tür und riss ihm Buch und Kugelschreiber aus der Hand. Sie hörte noch, wie er ihr etwas hinterherrief.

Die Theke war leer. Sie nickte dem Barkeeper im Vorbeigehen zu und setzte sich auf ihren Platz ganz am Ende. Er lehnte sich über die Theke und fragte: »Wie immer?« Seine Gesichtshaut war großporig, das Rasierwasser hatte sich mit Schweiß zu einem stechenden Geruch vermischt.

»Wie immer«, wiederholte sie. Auf dem Parkplatz standen Kombis in Silbergraumetallic, Firmenwagen von Vertretern und Versicherungsangestellten.

»Hier«, sagte er leise und stellte den Gin Tonic auf eine Papierserviette. Sie rührte das Getränk mit dem Zeigefinger um, trank einen Schluck und sah wieder aus dem Fenster. Ein weißer Mercedes fuhr auf den Parkplatz und hielt neben der Bar.

Der Mann war groß, kurzes Haar, glatt rasiert. Er zog das Jackett aus, hängte es über den Beifahrersitz. Das Geräusch der Zentralverriegelung, ein künstliches Beepbeep, dann betrat er den kleinen Raum. Für einen Moment war nur das Rauschen der Autobahn zu hören. Kühle Luft drang durch den Türspalt ins Innere. Er setzte sich ans andere Ende der Theke, blätterte in der Karte. Seine Finger glitten die Zeilen entlang bis zu den Preisen. Er hob den Kopf und sah in ihre Richtung. Sie räkelte sich auf dem Hocker und zeigte dabei ihre Achselhöhlen. Er lächelte abwesend und zog sein Mobiltelefon aus der Hemdtasche. Er bestellte eine Tasse Kaffee. Sie beobachtete ihn über den Rand ihres Glases hinweg. Die ersten beiden Knöpfe seines Hemdes standen offen, die Haut im Ausschnitt war gebräunt. Er öffnete eine Portion Kondensmilch, goss etwas davon in die Tasse und legte den Löffel neben die Untertasse. Sie strich sich eine Haarsträhne aus dem Gesicht und wartete darauf, dass er die Waschräume aufsuchte.

Auf der Damentoilette spritzte sie sich kaltes Wasser auf die Unterarme. Die Adern traten dunkelblau an ihnen hervor. Dann holte sie ihr Schminkzeug aus der Tasche, zog Lippenstift nach, verwischte den Kajalstrich. Sie berührte ihr Spiegelbild – zuerst das Gesicht, danach den Hals, die Brüste.

Sie wartete im Gang auf ihn. Er kam aus der Waschraumtür, blieb stehen und machte einen Schritt zur Seite. Sie wollte etwas sagen, öffnete den Mund, schüttelte dann aber nur den Kopf. Er streckte seine Hand aus, lächelte knapp und sagte: »Bitte, gehen Sie vor.« Sie nickte, ging an ihm vorbei und setzte sich wieder auf ihren Platz. Er legte einen Fünfer neben die Kaffeetasse und sagte: »Stimmt so.«

Sie starrte auf den Rand ihres Glases und zerriss die Papierserviette in kleine Fetzen. Als die Tür ins Schloss fiel, warf sie die Papierfetzen in die Luft und winkte dem Barkeeper.

»Wie heißt du eigentlich?«

Er legte eine neue Serviette unter das Glas. Sie trank einen Schluck.

»Oder hast du keinen Namen.«

Er wischte mit einem Küchentuch über die Zapfhähne und stellte gespülte Gläser auf das Abtropfgitter.

»Ich verstehe«, sagte sie und nahm ihren Lippenstift aus der Tasche. Sie drehte ihn auf und sah auf die Spitze.

»Du zahlst vier Gin Tonic«, sagte er und legte die Hand neben ihr Glas. »Und du solltest das woanders probieren.« Er fuhr mit zwei Fingern seinen Oberlippenbart nach. »Nicht mehr hier. Alles klar?«

»Was soll ich woanders probieren?« Sie warf den Lippenstift in ihre Handtasche.

Er beugte sich zu ihr. »Ich bin nicht blind.«

»Was siehst du denn so?«

»Dinge«, sagte er und nahm das Glas von der Theke.

»Ich hoffe, nichts Illegales«, sagte sie und hielt ihm einen Schein hin. »Und hier, ich krieg noch was raus.«

Er stellte das Glas in die Spüle und ging zur Kasse. »Geh dich im *Walterchen* bewerben.«

»Nein«, sagte sie. »Ich arbeite auf eigene Rechnung.«

Nach der Hälfte des Wegs zog sie die Stiefel aus und trug sie in der Hand. Der Asphalt war nass, und sie trat immer wieder auf kleine Steine, aber es machte ihr nichts aus. Lastwagen kamen ihr entgegen, einige hupten, ein Fernfahrer brüllte: TITTEN RAUS! Sie musste lachen. Der Mann in dem Gang vor der Toilette hatte gewusst, was sie wollte, er hatte es ihr angesehen. Sie schloss die Augen. Man darf es dir nie ansehen, dachte sie, wenn du es zu sehr brauchst, bist du nichts mehr wert. Jeder hat seinen Preis, nur auf die Höhe kommt es an, wie viel du verlangst, was gezahlt wird.

Sie nahm die Scheine aus ihrer Handtasche, zählte durch und faltete sie zusammen. In der Scheune war es kalt und zugig, Regen fiel durch Löcher im Dach, Balken und Pfetten faulten seit Jahren vor sich hin. Das Pferd wieherte leise. In der hintersten Ecke stand das verrostete Chassis eines ausgeschlachteten Bautz-Traktors, Teile einer alten Ballenpresse. Ein mit Spinnweben überzogener Spreizler hing an einem Nagel von der Rückwand.

Sie zog die Plastiktüte unter dem Reifen hervor und legte die Scheine zu den anderen. Dann rollte sie die Tüte wieder zusammen und schob sie zurück.

13

Sie hängte den Schlüsselbund an den fingerdicken Nagel, der aus dem Beton ragte, legte den Hunderter in die Kasse und ging durch den Laden in das kleine Büro. Der Geruch von Harz wehte durch den Gang. Ein Duft aus den Sommern ihrer Kindheit, Inseln aus Zeit und Sonne. Auf dem Tisch standen zerdrückte Bierdosen und ein übervoller Aschenbecher. Achim hatte sich die speckige Mütze in den Nacken geschoben, das Flanellhemd bis zum Bauchnabel aufgeknöpft. Er hielt ihr wortlos den brennenden Joint entgegen. Sie schüttelte den Kopf.

»Ach, komm schon«, sagte Achim. »Ist gutes Zeug.«

»Ich werde nur müde davon«, sagte Marie. »Nichts für mich.«

Er zuckte mit den Schultern. »Selber schuld. Ist der letzte Rest.«

Marie öffnete eine Dose Bier und setzte sich an den Tisch.

»Deine Mutter ist nicht da«, sagte er und nahm einen tiefen Zug. Seine Stimme war vom Rauch belegt. »Obwohl sie hier sein sollte.«

»Sie hat es nicht so mit der Zuverlässigkeit.«

Er schlug sich mit der flachen Hand auf die Brust. »Verdammte Scheiße!«, lachte er. »Ja! Sie hat es nicht mit der Zuverlässigkeit.«

Marie öffnete die Dose und nahm einen großen Schluck. Das Bier war eiskalt und bitter. Sie schloss die Augen und trank noch einen Schluck.

Achim räusperte sich und schob einen Briefumschlag über den Tisch. »Hier, für dich.«

Marie streckte die Hand nach dem Umschlag aus.

»Nimm«, sagte er. »Hast du dir verdient.«

Marie zählte nicht nach. Sie faltete den Umschlag und ließ ihn in ihrer Jacke verschwinden.

»Warst bei der alten Pollozek, Schnaps und Kippen bringen?«

Sie nickte. »Bin grad zurück.«

»Vorsicht bei der. Ist 'ne Giftmischerin.«

»Wie meinst du das?«

»Tja«, sagte Achim und verschränkte die Arme hinterm Kopf. »Dass sie nicht einfach so 'ne Witwe geworden ist. Haben es ihr zwar nie nachweisen können, aber sie hat ihn über die Wupper gebracht, ich weiß es einfach.«

»Vielleicht gab's 'n guten Grund«, sagte Marie und zerdrückte die Dose.

Achim zog ein letztes Mal am Joint. »Der ihr Mann war 'n Kumpel von meinem Alten, die haben zusammen Karten gekloppt beim Nino. Waren eben andere Zeiten.« Er sah auf den Stummel in seiner Hand und ließ ihn in eine der Bierdosen fallen. »Ich will dir was zeigen.« Er lehnte sich im Stuhl zurück, hob die Hände. »Keine Angst, wird dir gefallen.«

Die Scheune war hoch und düster, das Tier stand im Halbdunkel, scharrte in der Box. »Das hier ist Air Lift«, sagte er und streckte seine Hand in die Box. Das Pferd war bis auf einen cremefarbenen Keilstern auf dem Nasenrücken pechschwarz. Die großen, glänzenden Augen waren umrandet von langen, helleren Wimpern.

»Air Lift.«

»Keine Angst«, sagte er und strich dem Hengst sanft über den Scheitel. »Kannst ihn ruhig anfassen.«

Sie ließ ihre Hand langsam über die Stirn des Tieres bis zur Nase gleiten. Warmer Atem aus den Nüstern blies über ihre Hand, die feinen Härchen am Maul zitterten.

»Du spürst seinen Herzschlag an den Schenkeln«, sagte Achim und zeigte auf den Sattel, der an einem Wandhalter hing.

Sie schüttelte den Kopf und streichelte die Mähne. Das Rosshaar war weich und elastisch.

»Manchmal komme ich nur her, um das Heu zu riechen«, sagte Achim. »Oder das Huffett, die Sattelseife. Früher hab ich mit meinem Bruder die Boxen ausgemistet, abends haben uns Nasen und Augen gebrannt, aber wir sind immer wiedergekommen.«

»Schönes Tier«, sagte Marie.

Durch einen Spalt im Dach fiel ein letzter Rest Sonnenlicht. Staubflocken wirbelten über den Boden.

Er fuhr sich mit der Hand durchs Gesicht. »Und willste rauf auf den Zossen?«

Sie hob den Kopf und fragte: »Was will ich?«

Er zeigte auf Air Lift. Marie leckte sich über die trockenen Lippen. »Nein, auf keinen Fall.«

Achim nahm die Mütze ab und kratzte sich am Hinterkopf. »'s gibt kein vergleichbares Gefühl. Siehst du die Welt mit anderen Augen. Im Trab aussitzen, Jagdgalopp, am besten alles ohne Sattel, dass du die Bewegung spürst.«

»Du musst es ja wissen.«

Er nahm das Zaumzeug vom Haken und öffnete die

Box. »Nimm den Striegel, der da liegt«, sagte er und zeigte auf einen kleinen Metallspind im Stallgang. »Ich halfter ihn auf, dann kannst du ihn bürsten.«

Die Bürste war alt, das Holz glatt und abgegriffen. Sie schob die Hand durch den Lederriemen.

»Nimm den Striegel in die Hand, die Richtung Kopf zeigt, und rau das Fell vom Genick an abwärts auf.« Er machte die Bewegung vor. »Und alles ganz langsam.«

Air Lift schnaubte. Sie betrachtete die Wölbung seiner Flanken, die Konturen der Muskeln, exakte Linien, die sich unter dem Fell abzeichneten.

»Hattest du ’nen Freund, ich meine, unten in der Stadt?«

Sie schüttelte den Kopf. »Nein, hatte ich nicht.«

»Ach, komm, hör auf. ’n Mädchen wie du? Standen die Kerle sicher Schlange.«

»Für was sollen die Schlange gestanden haben?«

Er schnalzte mit der Zunge. »Du weißt schon, was ich meine.«

Nach dem Striegeln sattelte Achim das Pferd. »Stell den Fuß in den Bügel, ich helf dir. Ich fass dir unters Bein, über die Kruppe, bis du im Sattel sitzt.« Sie spürte seine warme Hand auf ihrer Wade, den Schwung, den er ihr mitgab. Ihr Oberkörper kippte nach vorne, sie streckte das Bein aus und presste die Schenkel zusammen. Er lachte. »Halt dich an dem Riemen da vorne fest.«

Air Lifts Schritte hallten durch die Scheune. Achim ging voraus und hielt den Strick locker in der Hand. Nebel lag auf den Feldern. Marie konnte es durch das offene Tor sehen. Die Hügelkette, hinter der Neuglück lag, wirkte greifbar nah. Jede Bewegung verlangte ihr Kraft ab. Ein stetiges Balancieren. Der Geruch von Spiritus lag in der Luft. Ein Lichtstreifen über den Hangspitzen, darüber nur noch die tiefblaue Wölbung des Himmels. Er führte sie auf die Weide.

»War mal alles unser Land«, sagte er und machte eine ausladende Handbewegung. »Mein Alter wollte es nicht wahrhaben. Hat immer mehr Land verkauft.« Er legte den Kopf in den Nacken und lachte. »Das eine Pferd – Kronerbe, zwei Jahre alt, große Namen in der Blutlinie. Mein Vater hat alles in dieses Pferd gesteckt. Und dann das erste Rennen, Kronerbe vorne. Hundert Meter vor dem Ziel bricht er sich den Knöchel. Hättest meinen Vater sehen sollen. Geweint wie 'n kleines Kind. Der Tierarzt gab Procain gegen die Schmerzen. Ich war dabei, als sie's auf der Weide erschossen haben.« Er zeigte auf die Stelle, sie lag keine zwanzig Meter entfernt, ein Stück Land wie jedes andere auch. »Wir waren mal eine der reichsten Familien hier oben. Hatten drei Autos. Jeder kannte unseren Namen.« Er sah sie an. »Nur die Schwachen bleiben arm.«

Marie lehnte an der geschlossenen Box, als er sie küsste. Air Lift schnaubte. Achim legte den Arm mit der Kartätsche um ihre Hüften, zog sie an sich und presste seine Lippen auf ihre. Seine Bartstoppeln strichen über ihre Wangen, die Zunge war feucht und schmeckte bitter. »Ich weiß, dass 's dir gefällt.« Die Stimme kam tief aus seiner Kehle. Sie spürte das Holz im Rücken, dann waren seine Lippen wieder auf ihren, nahmen ihr die Luft zum Atmen.

»Marie?«

»Ich bin hier.« Sie riss sich los und sah ihm in die Augen. »In der Scheune.«

Er lachte und ließ sie gehen.

»Da bist du ja«, sagte ihre Mutter. Sie blieb im Eingang stehen. »Was macht ihr denn hier?«

Achim zeigte auf das Pferd in der Box.

»Ich dachte, das hast du schon gesehen.« Sie warf Achim einen Blick zu. Er zuckte mit der Schulter und legte die Kartätsche zurück in das Fach.

»Richtig ansehen.«

»Richtig?«, wiederholte ihre Mutter.

»Oben sitzen wollte sie«, sagte Achim. »Reg dich ab, ist ja nichts passiert.«

»Da bin ich mir nicht so sicher.«

»Und wo hast du dich überhaupt rumgetrieben?«

»Geht dich nichts an«, sagte sie und strich ihren Rock glatt.

»Dann hau endlich ab«, sagte er. »Wirst hier eh nicht gebraucht.« Er schnippte mit den Fingern und trat nach ihr. Sie stolperte, verlor das Gleichgewicht und stürzte zu Boden.

»Da gehörst du auch hin«, sagte Achim und legte seine Hand auf Maries Unterarm. »Verdammt, sieh dir das an, wie sie im Dreck rumliegt und sich windet wie ’ne kleine Kröte.«

Marie biss sich auf die Lippe.

»Scheiße«, sagte er und schüttelte den Kopf. »Jetzt steh schon auf, ich kann ja gar nicht mehr hinsehen.«

»Drecksau«, zischte sie. »Ich hau ab.« Sie zeigte ihm den Mittelfinger und ging zurück zum Haus.

»Sie geht nicht«, sagte Marie.

»Deine Alte lässt sich garantiert volllaufen, kippt nachher druckbetankt in die Kiste.« Er strich mit dem Daumen über ihre Wange. Marie machte einen Schritt zur Seite, einen Schritt von ihm weg, und seine Hand glitt an ihrer Schulter ins Leere. »Jetzt beweg dich, hast noch was zu tun«, sagte er. »Zuerst die Arbeit, dann das Vergnügen.«

Marie ging an ihm vorbei aus der Scheune. Sie sah sich nicht noch einmal um. Sie machte große, schnelle Schritte im feuchten Gras und umklammerte den Schlüssel in ihrer Jackentasche. In der Küche zog sie ihre Jacke aus und warf sie auf einen Stuhl. Dann ging sie weiter ins Bad und schloss hinter sich ab. Der Raum war klein und weiß gekachelt, die Decke höher als in den anderen Zimmern. Aus der Lüftung drang ein stechender, scharfer Geruch. Das Waschbecken war mit Resten von Rasiercreme und Bartstoppeln verschmiert.

Sie drehte den Hahn auf und sah in den Spiegel. Das Wasser wurde wärmer, sie lehnte sich gegen die Wand und hörte seine Stimme durch die geschlossene Tür.

14

Dunkel bemerkte den Schatten, der am Fenster vorbeihuschte, und nahm das Messer vom Tisch. Er stand auf und öffnete die Tür mit der Fußspitze. Sonnenlicht blendete ihn. Er drehte die Klinge um und hielt das Messer auf Brusthöhe.

Das Reh, das vor dem Wohnwagen im Gras stand, hob den Kopf und blickte ihn aus tiefschwarzen Augen an. Dunkel ließ das Messer sinken. Das Tier sprang mit einer eleganten Bewegung über eine Pfütze davon, wich den niedrigen Büschen aus, das Hinterteil geschmeidig auf und ab hüpfend. Kurz vor dem Wald blieb es stehen, reckte den Windfang in die Höhe und verschwand dann zwischen zwei Erlen.

Er beschirmte seine Augen und sah in den Himmel. Es würde nicht vor Mittag aufklaren. Er ging zurück in den Wohnwagen, leerte den Aschenbecher aus dem Hinterfenster und räumte die Schnapsflaschen in das Regal zurück. Er zog die Jacke an, richtete den Kragen auf und steckte das Messer in die Innentasche. Er sprang aus dem Wagen und schloss die Tür ab. Nach ein paar Schritten schnürte er die Stiefel fester. Seine Muskeln wurden langsam warm. Er holte tief Luft. Die Trittsiegel waren deutlich zu erkennen. Dunkel bückte sich und wischte ein paar Laubblätter zur Seite. Geäfter und Schale verliefen in gleicher Breite, Reste von verbissenem Ilex und Baumtrieben begleiteten die Fährte. Das Wild wechselte am Waldrand durch dicht stehende Büsche. Sein Vater hatte ihm früh die Spurensuche beigebracht, vom Erkennen der Trittsiegel bis zur Suche nach Kotpillen, Schlafmulden und Fressresten.

Ein Ast knackte. Dunkel ging einen Schritt in die Richtung, aus der das Geräusch gekommen war. Der Junge stand zwanzig Meter entfernt hinter einem Baum. Sein Anorak war hellgelb.

»Ich sehe dich«, sagte Dunkel. »Komm raus da.«

Der Junge bewegte sich nicht.

»Komm endlich raus da!«

»Meine Mutter sagt, ich soll nicht mit Fremden reden.«

»Hat sie dir auch gesagt, dass du auf Privatgelände nichts zu suchen hast?«

»Rufen Sie die Bullen?«

»Nein.«

Der Junge kam hinter den Bäumen hervor. Er trug zum Anorak braune Cordhosen und Gummistiefel. Dunkel winkte ihn heran, der Junge blieb stehen und schüttelte den Kopf. »David haben sie dahinten gefunden«, sagte er und wandte sich um, nickte kurz. Dunkel musterte ihn von oben bis unten. Klein, das Gesicht rund, die Hände schmal.

»Wie alt bist du?«

»Zehn«, sagte der Junge und schaute ihn aus seinen tiefblauen Augen an. Er fügte mit einem knappen Lächeln an: »Bald elf.« Dann fasste er an die Kordeln seines Anoraks, zog die Enden hin und her. »Ich glaube, dass Sie die

Bullen rufen.« Dunkel beugte sich nach vorne. »Mach ich nicht.«

Er deutete in die Richtung, wo man den toten Jungen gefunden hatte. »Was weißt du darüber?

Der Junge drehte sich um und rannte los. Dunkel sah ihm nach. Er wirkte im Laufen noch zierlicher.

Dunkel ging langsam hinterher. An der Westseite eines der lang auslaufenden Hügel passierte er ein Mundstück, das gewaltsam geöffnet worden war. Die herausgebrochenen Steine lagen vor dem Stolleneingang. Vor ihm erstreckte sich eine weitläufige, abgesackte Ebene, die von Auwäldern begrenzt wurde. Schwarzerle, Hainbuche und Ohrenweide säumten die Ränder. Ein mooriger Geruch in der Luft. Stille lag über dem Land. Er atmete ein, setzte dann seinen Weg fort.

Ein Fließ teilte die Landschaft. Das Wasser schimmerte grün, bewegte sich kaum. Dunkel ging näher heran, griff nach einem Büschel hohem Ufergras und riss es aus dem Boden. Er verharrte, die Hände auf der Erde, den Blick in den grauen Himmel gerichtet. Dann sprang er über das Fließ. Eine aus losen Brettern gebaute Hütte lag in einer Senke neben dem Ufer. Dunkel ging einmal um sie herum. Eine blaue Wolldecke hing über dem Eingang und verdeckte die Sicht in das Innere. Er schob sie zur Seite. Die Grube dahinter war einen halben Meter tief und zweieinhalb Meter lang. Sitzbänke aus Holzkisten, auf einem kleinen, schmutzigen Campingtisch lagen aufgeweichte Comichefte. Dunkel zog die Wolldecke wieder vor die Öffnung.

Er hatte die Hunde am Rand des Senffelds aus den Augen verloren und war nur ihrem Bellen gefolgt. Der Senf stand in voller Blüte, die Sonne brannte im Nacken. Schweiß lief seinen Rücken herab.

»Richard!«, die Stimme seines Vaters weit entfernt.

»Ja«, sagte er, »ja, Vater?«

Dann wieder das Bellen der Hunde. Sonnenlicht blendete ihn, und das Feld wirkte, als stünde es in Flammen.

»Die Hunde!«, die Stimme seines Vaters, »geh den Hunden nach!«

Er folgte der Fährte im Senffeld. Die Samenschalen in den Schoten waren feucht und aufgequollen, blieben an seinen Armen kleben. Der Geruch des Senföls stechend scharf. Wieder das Bellen, dann sah er körnigen Schweiß auf den Blattspreiten. Große, runde Tropfen. Er leckte mit der Zungenspitze daran, das Blut schmeckte bitter. In den Pausen zwischen dem Bellen vernahm er Schreie – erstickte Laute, von Schmerzen und Leid erfüllt.

Er fand die Hunde, sie umkreisten das Wundbett und fletschten die Zähne. »Aus!«, sagte er, die Hunde reagierten nicht, belauerten das Kitz mit Schaum vorm Maul. Das Stück hatte sich niedergestreckt, das Fell schwarz vom Blut. Fleischfetzen aus der Schusswunde hatten sich auf den platt getretenen Pflanzen verteilt.

»Richard!« Sein Vater trat aus dem dichten Feld heraus auf die kleine Lichtung. Er kniff die Lippen zusammen und schüttelte den Kopf. Dann trat er nach einem der Hunde und schrie: »Aus!« Das Bellen verstummte. Er sah zu Richard. »Du musst das Stück festhalten.«

Richard streckte die Hand aus und berührte den Nasenrücken. Die Stelle fühlte sich weich und warm an. Ein Gurgeln entwich aus der Kehle des Tieres. Er ließ die Hand so liegen und atmete den schweren Geruch von Blut. Der Vater schlug die Hand weg und umfasste den Hals des Tieres. »Ich hab dir gesagt, wenn du einen Schuss anträgst, dann sauber auf Kammer oder Träger, das Stück muss im Feuer liegen.« Er blickte in den Himmel. »Können keinen Fangschuss anbringen, ist viel zu nah an der Straße. Der Nicker«, sagte er und drückte den Kopf des Tieres zurück auf den Boden. »Das mit der langen Klinge.«

Richard umfasste den Griff und zog das Messer aus der Scheide am Gürtel seines Vaters. Er hielt seinem Vater den Griff hin und starrte auf die Muster im Damast. Die Klinge war zweimal so lang wie seine Hand. Der Vater drehte sich zum Kitz und legte ihm eine Hand hinter die Lauscher. »Drück den Daumen auf die Wirbelsäule, wenn du die Erhebung spürst, machst du halt.«

Richard sah in das ausgemergelte Gesicht seines Vaters und bewegte die Hand über das Fell. Er glitt über die einzelnen Wirbelkörper bis zu einer Mulde hinter dem faserigen Knorpel. Sein Vater nickte und sah ihn an. »Und jetzt nimm das Messer.«

Er befühlte die Scheide aus Leder, den Griff aus Horn. Es war dasselbe Messer, mit dem er das Kitz getötet hatte. Am Horizont zogen Wolken auf. Er knöpfte seine Jacke zu.

15

Sie starrte in ihre Kaffeetasse. Sie saß ganz hinten am Fenster, das Lokal war bis auf den Barkeeper leer. Regen prasselte gegen die Scheiben. Leise Musik im Hintergrund. Er setzte sich ihr gegenüber und nahm die Sonnenbrille ab.

»Du benutzt immer noch das gleiche Parfüm«, sagte sie.

Falco lächelte. »Ich wusste ja gleich, was Sache ist, als ich die Kleine gesehen hab.« Er streckte die Hand aus und berührte sie an der Wange. »Ist dir wie aus dem Gesicht geschnitten.«

Sie sahen sich schweigend an.

»Hattest große Pläne.«

»Bist auch noch hier«, sagte sie und stellte die Tasse zurück auf den Unterteller.

»Weil sich die gleichen Sachen lohnen«, sagte er und rieb sich die Hände.

»Ich komm über die Runden«, sagte sie. »Mach dir mal keine Sorgen.«

Falco hob eine Hand und rief: »Tasse Kaffee, ja?« Dann schloss er kurz die Augen. »Will ja hoch hinaus, dein Achim.«

»Hat Ambitionen.«

»Ambitionen«, wiederholte Falco. »Wollen und Können.«

»Du machst deinen Schnitt schon.«

»Ich mach immer Schnitt«, sagte er. Der Kaffee wurde serviert. Er stellte die Tasse auf den Tisch und wartete. Sie bemerkte seinen Blick und sah aus dem Fenster. Falco zuckte mit den Schultern. »Was?«

Der Mann überlegte einen Moment, sagte dann aber nur: »Nichts«, und ging wieder.

»Hier geht alles vor die Hunde«, sagte Falco und legte seine Hand auf ihre. »Aber es gibt immer ’n paar, die verdienen.«

»Gebumst wird auch immer«, sagte sie und zog die Hand zurück. »Woher wusstest du, wo du mich findest?«

»Logik«, sagte er und lächelte. »Könntest wieder für mich arbeiten. Empfang. Bar. Findet sich ’ne geeignete Stelle.«

»Und was dann?«

Er ließ sich in den Sitz sinken. »Musst an deine Kleine denken.«

Sie tippte mit dem Finger auf den Rand der leeren Tasse. »Von wegen Sicherheit.«

Er richtete sich auf und nippte an seiner Tasse. »Was hat die Kleine vor? Will sie die Tankstelle übernehmen?«

»Vergiss es«, sagte sie. »Wird keinen Fuß in deinen Laden setzen. Nicht mal in die Nähe kommen.«

»Vielleicht siehst du die Kohle, die sie verdient, schon im Traum und kannst dich nur nicht mehr dran erinnern.«

Sie schob die Tasse von sich weg. »Ich weiß nicht, wovon du redest.«

»Das weißt du genau«, sagte Falco. »Hast du noch dein Notizbuch, das kleine, schwarze? Ich erinnere mich gut daran.«

»Ja«, sagte sie. »Aber die Seite mit deiner Nummer habe ich rausgerissen, als grad kein Klopapier da war.«

»Deine große Klappe hast du behalten«, sagte Falco und tupfte sich den Mund mit einer Serviette ab. »Wie weit bringt's dein Emporkömmling?«

Sie nahm ihm die Tasse aus der Hand und trank einen Schluck Kaffee. »Das ist altes Geld.«

Falco legte seine Hände wieder auf ihre. »Alte Schulden, meinst du wohl.« Er grinste. »Verkauft hat er sich schon.«

»Ich hab ihm gesagt, er soll die Finger von dir lassen.«

Er nahm den Löffel von der Untertasse und kratzte sich mit dem Stiel am Hals. »Die denken, die stehen unterm Millionenregen, weil sie ein paar Tütchen ihrer Scheiße an ein paar Stricher hinterm Berg verkauft haben.«

»Jeder, wie er kann«, sagte sie.

»Meine Tür steht offen, das weißt du.«

Sie nahm ihre Handtasche und stand auf. »So weit wird es nicht kommen.«

16

Dunkel fuhr an die erste Zapfsäule und zog die Handbremse. Auf dem rissigen Asphalt neben dem Wagen war eine Öllache. Er stieg darüber hinweg, schloss die Fahrertür und schraubte den Tankdeckel ab. Dann sah er auf die Zahlen, bis der Zapfhahn klickte. Ein Paar Tropfen Benzin hatten sich auf dem Lack verteilt. Er wischte sie mit dem Ärmel weg und schraubte den Tankdeckel wieder in die Fassung.

Der Verkaufsraum war leer. Er nahm eine Dose Bier aus dem Kühlschrank. Die Leuchtstoffröhren an der Decke summten. Ein kleiner Ventilator lief auf langsamster Stufe. Die Kasse war nicht besetzt. Dunkel klopfte mit der Dose auf die Theke. »Moment«, sagte eine Stimme. Die Umrisse einer Person in dem Gang neben der Kasse. »Haben Sie es sich anders überlegt?«

Dunkel lachte. »Ich habe nur vollgetankt.«

»Für den Rover geb ich Ihnen meinen letzten Groschen.«

Der Mann trug dasselbe Hemd und dieselbe Mütze. Er nickte Dunkel zu und streckte ihm die Hand entgegen. »Achim«, sagte er. »Müssen wir nicht immer so rummachen.« Da war etwas in seinem Blick, das Dunkel nicht deuten konnte. Er ließ die Hand los und lehnte sich gegen die Theke. »Nummer drei, *Camel ohne* und einmal den *Zinn 40.*«

Achim grinste. »Altglück geht nur mit genug Schnaps.«

Dunkel holte tief Luft und sagte: »Der Junge.«

Eine Leuchtstoffröhre flackerte. Der Ventilator gab ein Brummen von sich.

Achim schüttelte den Kopf. »Welcher Junge?«

Dunkel fuhr mit dem Finger über die Schachtel Zigaretten. »Ein paar Jungs. Haben in der Grube gespielt. Einem ist was passiert.«

Achim nahm die Schnapsflasche aus dem Schrank und stellte sie auf die Theke. »Ist ja wie 'ne Sau durchs Dorf gejagt worden, die Neuigkeit. Um ehrlich zu sein, Altglück ist kein Abenteuerspielplatz. Einmal nicht richtig hingesehen, schon haben die sich gewickelt.« Er spitzte die Lippen. »Die Leute sagen, der Junge hätt sich den Hals gebrochen, hätt da tot gelegen, dann wären die Wildschweine rangegangen.«

»Rangegangen«, wiederholte Dunkel und sah aus dem Fenster. Die Scheibe war immer noch verschmiert. »Die Viecher machen keinen Unterschied.«

»Keine blühenden Landschaften«, sagte Achim. »und 'n toter Junge macht die Sache nicht besser.«

»David«, sagte Dunkel und griff nach dem *Zinn 40.* Er wog die Flasche in der Hand und fuhr mit dem Daumen über den Verschluss. »Der Junge hieß David.«

Achim zwirbelte an seinem Bart. Er wendete den Blick nicht von Dunkel ab. »Kenne die Leute«, sagte er. »Der Vater hat bei Fuchs geschafft. Fährt 'n altes 230er Coupé, eins von den Teilen, wo man mit'm Hammer auf'n Vergaser kloppen kann.« Er presste die Lippen zusammen. »War wohl ihr einziger Sohn.«

Ein Lastwagen fuhr donnernd vorbei. Beide schauten aus dem Fenster.

»Kann ich sonst noch was tun?«

»Wo lebt die Familie?«, fragte Dunkel und blickte über die Schulter.

»Kanntest den Bengel doch gar nicht.«

»Ja«, sagte Dunkel. »Will was mit der Familie klären.«

»Arbeitest für die Kanadier.« Achim zuckte mit der Schulter. »Hat sich schnell rumgesprochen.« Er zeigte aus dem Fenster. »Bundesstraße weiter, an der nächsten Kreuzung links. Paar Kilometer geradeaus. Kommst an einer Kneipe vorbei, *Nino's Ecke*, da rechts. Im Tal stehen ein paar Fachwerkhäuser. Der Name – keine Ahnung.«

Dunkel nickte und nahm die Zigaretten von der Theke.

Nino's Ecke wirkte wie jede andere Kneipe an einer Ausfallstraße; grau und trist. Er bog rechts ab. Die Straße war schmal, Schlaglöcher im Schotter. Nach einem Kilometer passierte er eine verlassene Kleingartensiedlung. Von einigen Lauben stand nur noch das Gerüst, Skelette aus morschem Holz. Paneele und Dachschindeln waren zu Brennholz verarbeitet worden. Ein Dach lag neben der Straße auf einem Stück verwildertem Land, das Bitumen hatte sich abgelöst, Nägel ragten aus dem First, rotbraun vom Flugrost.

Die Häuser standen sich gegenüber wie in die Jahre gekommene Feinde. Windschief, verwittert, nur noch aufs Ende wartend. Dunkel nahm den Gang raus, der Wagen rollte den Hang hinab, kam neben einer Bushaltestelle zum Stehen. Auf dem Boden des Wartehäuschens lag eine angeschimmelte Matratze, daneben eine Windjacke und zwei löchrige ALDI-Tüten. Die Fahrpläne hingen im Rahmen. Er beugte sich über die Matratze und sah sich die Zeiten an. Der Bus fuhr einmal am Tag, um 9:15 Uhr.

Im ersten Haus brannte Licht. Eine Ledercouch stand in der Einfahrt, Regenwasser hatte sich auf der Sitzfläche gesammelt. Er blieb stehen und berührte die Lehne. Das Leder fühlte sich seifig an, die Couch stand schon länger draußen. Die Haustür knarrte, Dunkel sah auf. Der Mann blieb auf dem Podest der Eingangstreppe stehen. Im Türspalt warmes Licht auf weißen Wänden. Er trug ein ausgewaschenes Flanellhemd und graue Arbeitshosen. Sein Gesicht war glatt rasiert, mit hohen Wangenknochen und tief liegenden Augen. »Sind Sie von der Presse?«, fragte er und spuckte aus.

Dunkel schüttelte den Kopf.

Der Mann nickte Richtung Bushaltestelle. »Hat Josef was ausgefressen?« Er legte sich die Hand in den Nacken. »Ist sowieso abgehauen, der Josef.«

Dunkel blickte zurück auf die Bushaltestelle. »Deswegen bin ich nicht hier.«

»Wenn Sie rumlügen und doch von der Presse sind, brech ich Ihnen den Kiefer, klar?« Der Mann richtet seinen Oberkörper auf und hakte die Daumen in den Gürtel.

Dunkel stützte sich mit beiden Händen auf die Couchlehne und ließ sich Zeit. »Ich arbeite oben in Altglück.«

»In Altglück«, wiederholte der Mann und schüttelte den Kopf. »Verdammte Scheiße. Jetzt stellen sie wen ein, nach –« Er brach mitten im Satz ab und nahm die letzte Stufe.

Sie standen sich jetzt gegenüber. Der Mann war einen Kopf größer als Dunkel.

»Was wollen Sie von mir?«

Dunkel sah an ihm vorbei in den Hausflur, wo das Licht ein Muster auf die weiße Wand zeichnete. Hinter der Tür stand ein Schuhregal, an dem Geländer zum Keller lehnte ein BMX-Rad.

»David«, sagte er.

Der Mann schloss die Augen. Dunkel kannte diese Momente, die nicht verstreichen wollten.

»David war mein Sohn«, sagte der Mann mit leiser Stimme und öffnete die Augen wieder.

»Keiner kann das verstehen«, sagte Dunkel und ging einen Schritt auf ihn zu.

Der Mann nickte. Er starrte auf einen Punkt in der Ferne und zuckte mit den Schultern. »Und weiter?«

Dunkel blickte auf das BMX-Rad und sagte: »Mein Beileid. Ich bin Ihnen das schuldig.«

Der Mann fuhr sich mit dem Handrücken unter der Nase entlang, wischte ihn am Hosenbein ab. »Mein Sohn ist tot, das können Sie nicht ändern.«

Sie standen sich einen Moment schweigend gegenüber, dann drehte sich Dunkel um und ging zurück zum Wagen.

»Warten Sie mal 'ne Sekunde«, sagte der Mann. Er folgte Dunkel, trat gegen die Ledercouch und blieb neben dem Wagen stehen. »David war keiner, der sich einfach den Hals bricht.« Er fuhr mit der Hand über die Motorhaube. »Bevor der 'ne Straße langgegangen is, stand der erst mal da und hat sich die ganz genau angesehen, verstehen Sie? David hat sich alles genau angesehen.« Er zupfte sich mit zwei Fingern am Hals. Dunkel starrte durch das Seitenfenster auf die Schlüssel, die in der Zündung steckten.

Der Vater des toten Jungen sah zum Ende des kahlen Felds. Dort ragte der Rest eines verfallenen Zauns in die Höhe, ein Stück Stacheldraht stand von einem der Holzpfosten ab. »Die kamen, haben uns durchs Küchenfenster fotografiert. Und jetzt redet keiner mehr drüber.« Er machte einen Schritt zur Seite und klopfte auf die Motorhaube. »Und wir haben nur ein paar Knochen beerdigen können.«

Dunkel fuhr die ersten Meter im Rückwärtsgang und drehte dann. Im Rückspiegel die untergehende Sonne. Er sah noch einmal zum Haus, zur Ledercouch und dem BMX-Rad.

Der Mann stand immer noch dort. Dunkel wusste, dass sein Schmerz kein Ende nehmen würde.

17

An diesem Morgen war wenig zu tun. Dreimal volltanken. Achim fuhr mit dem Finger über das Regal. »'s Staub drauf, siehste das nich?«

Marie nickte.

»Ich hab dir das schon paarmal gesagt – mach die Scheiße richtig sauber! Fettfinger auf dem Glas. Die Kunden sind nich blind.«

»Ich hab's verstanden.«

Achim hob seinen Zeigefinger. »Die Nummer läuft bei mir nicht.«

Sie nahm Glasreiniger und Küchenrolle und wollte sich an die Arbeit machen, als die Tür aufging.

»Sieh einer an«, sagte Falco. »Die besten Sachen versteckt der Achim vor uns.« Er schaute kurz zu Schumichin, Türsteher im *Walterchen*, der draußen geblieben war.

Achim kam hinter der Theke hervor. »Die arbeitet für mich.«

»Das sehe ich«, sagte Falco. Er machte einen Schritt auf Marie zu. »Zahlt er wenigstens gut?«

Sie wich seinem Blick aus.

»Kann ich kaum glauben, der guckt doch auf das Schwarze unter den Nägeln.«

»Komm, komm«, sagte Achim und machte eine auffordernde Handbewegung.

»Dich habe ich nicht gefragt«, sagte Falco und nickte Richtung Marie. »Also, sei ehrlich, kleiner Engel? Alles hat seinen Preis.«

Marie sagte: »Wenn Sie meinen.«

»Nein«, sagte Falco. »Ich meine das nicht, ich weiß das.«

Schumichin öffnete die Tür. Der Russe trug eine schwarze Kunstlederjacke, die bei der kleinsten Bewegung knisterte. Er beugte sich zu Achim herunter. »Gehen wir ein Stück.«

Achim blickte zu Marie und sagte: »Kümmer dich um den Laden.«

Der Audi stand an der vierten Tanksäule. Achim zog die Hintertür auf, aber der Russe hielt ihn am Arm fest. »Nicht da. Vorne.«

Falco zündete sich eine *Marlboro* an und sah in den Rückspiegel. »Die Kleine«, sagte er und schnalzte mit der Zunge.

»Ja«, sagte Achim. »Sie is was Besonderes.«

»Was mich interessieren würde«, sagte Falco. »Die Mutter. Bei den Genen? Bestimmt auch ’n Schuss.«

Achim sagte: »Ist sie.«

»Kennt man sich?« Falco schürzte die Lippen und grinste.

»Kennst du nicht.«

»Nein?«

»Nein«, sagte Achim. »Ist nicht von hier.«

»Nicht von hier«, wiederholte Falco und startete den Motor.

Leichter Regen setzte ein. »Wegen der Sache – kein Pappenstiel.«

»'s lohnt sich für dich.«

Falco sagte: »Schneide ich mir aber nicht aus den Rippen. Und wer garantiert mir, dass du nicht mit der Kohle laufen gehst?«

»Wohin sollte ich mit der Kohle? Übern Berg ins nächste Kaff?«

Falco drosselte das Tempo und bog in einen von herabhängenden Ästen verdeckten Forstweg ab. Sie fuhren ein Stück den Fluss entlang.

»Hab ich früher mit meinem Bruder geangelt«, sagte Achim und zeigte auf das schmutzig braune Wasser.

»Ach ja?«

»Lachse, Forellen – heute gibt's da nix mehr drin.«

Falco nickte. »Die Welt geht vor die Hunde. Dein Bruder, was macht der?«

»Hat mich wegen 'n paar Gramm Gras vor den Kadi gebracht«, sagte Achim. »'n Jahr auf Bewährung hat's gegeben. Und dann die Sache mit der Tankstelle.«

»Was war mit der Tankstelle?«

Achim winkte ab. »Musste ich ausbezahlen.«

Sie überquerten eine Holzbrücke, die gerade breit genug für den Audi war. Steinsalven schlugen gegen den Unterboden. Der Fluss führte an dieser Stelle nur noch einige Zentimeter Wasser. Überall Inseln aus Plastikmüll. Jemand hatte eine verrostete Waschmaschine an der Uferböschung abgeladen. Hinter der Brücke öffnete sich ein weiteres Engtal, ein nebelverhangener Keil Land, das von dichtem Nadelwald bedrängt wurde. Die Straße war unbefestigt, führte über einen flacher werdenden Landrücken durch weitere natürliche Nebensenken. In der Talsohle glitzerte der Fluss, Unterläufe und Altarme zweigten sich vom Hauptstrom ab, verliefen weiter und endeten im Nichts. In einer der Senken standen zwei Gebäude, eine niedrige, schmale Jagdhütte mit nachträglich angebauter Veranda, einige Meter daneben eine Scheune, die seit Jahren nicht mehr in Gebrauch war. Falco parkte den Audi neben der Scheune.

Auf der Veranda der Hütte stand eine schwarz angelaufene Kühlbox. Die Fenster waren schmutzig, eines zerbrochen, die Scherben steckten noch im Rahmen. Der Russe nahm Achims Blick auf und zeigte auf die Scheune. Sie gingen langsam darauf zu. Falco griff nach dem Schlüsselbund in seiner Hosentasche. Nachdem er die Tür geöffnet hatte, drang ein beißender Gestank aus dem Inneren.

»Früher haben sie hier Tieren das Fell über die Ohren gezogen«, sagte er. »'s Fleisch von den Knochen geschabt, Gedärme, Blut. Kriegste nicht raus.«

Falco ging zuerst in die Scheune. Achim folgte ihm. Der Russe zog die Tür hinter ihnen zu.

Die Scheune war innen hoch und geräumig. Durch die Spalten in den Holzplanken fiel das Licht von allen Seiten. Ein Motorrad ohne Lenker stand auf einem Anhänger in einer Ecke, Stapel abgenutzter Autoreifen, eine alte Sitzecke, Campingstühle aus angelaufenem Plastik. Auf dem Stuhl mitten im Raum saß ein Mann, Hände und Beine gefesselt, Augen und Mund mit Gaffertape verklebt. Nur die Nasenlöcher waren frei geblieben. Der Mann saugte in langen Zügen Luft ein, seine Brust hob und senkte sich, Schweißperlen standen ihm auf der Stirn. Falco nahm sich einen der Campingstühle und setzte sich neben ihn. »Hat sich wieder eingenässt.«

Achim sah den dunklen Rand in der Hose des Mannes, die Lache auf dem Boden unter dem Stuhl.

»Verbringt seinen Urlaub hier«, sagte der Russe.

»Weißt du, wer das ist?«, fragte Falco.

»Ja«, sagte Achim. »Das ist Karl Radosta.«

Falco wiederholte: »Karl Radosta.« Er suchte in seiner Jacketttasche nach den *Marlboro*. »Radosta hat ein Problem«, sagte er und zündete sich eine Zigarette an. »Radosta wollte mich ölen. Dabei geht's nicht darum, dass er es versucht hat. Dass er dachte, er kommt damit durch, stört mich. Geld kannst du nie genug haben, brauch ich dir nicht zu erzählen. Mitschmatzen wollen sie alle. Aber Radosta hier hat noch einen draufgesetzt. Mich zu bescheißen, wo ich danebensteh. Jetzt sind 'ne Menge Fragen offen, die wollte ich klären«, sagte Falco und legte die Hand auf Radostas Schulter. »Ganz privat.« Er zog ein letztes Mal an der Zigarette und drückte die Kippe auf Radostas Hals aus. Durch das Gaffertape klangen die Schreie gedämpft und weit weg. Achim spürte die Übelkeit in seiner Kehle. Der Russe drückte ihm ein Bleirohr in die Hand.

»Mach keine lange Geschichte draus«, sagte Falco.

Das Rohr war leichter, als er gedacht hatte. Die Oberfläche fühlte sich kühl und hart an. Achim holte aus und traf den Oberschenkel über dem Knie.

»Nein«, sagte Falco. »Was soll ich von dir denken? Dass du 'n Laumann bist, der nur scharf auf meine Asche is?«

Achim ließ das Rohr fallen. Der Russe versperrte ihm den Weg. »Bist du noch nicht fertig.«

Falco schüttelte den Kopf und sagte: »Du hast da was nicht verstanden. Die Schnecke, die bei dir eingezogen ist, hat dir wohl die Hirnwindungen mächtig verdreht. Bist 'n Liebeskasper geworden.« Er blickte zu Schumichin. »'ne hohle Hand ist nicht so viel anders. Die Bräute verkaufen's dir nur so, als wär's das achte Weltwunder. In den Achtzigern, da hatt ich 'n Mädchen, die hatte Reißzähne, wo's drauf ankommt. Jeder verdammte Schwanz war scharf auf ihre kleine Box. Sie brachte mir mit 'nem Lächeln die Kohle und sagte, mehr wäre nich. Langsam stieg ich dahinter, was Ambach ist. Und 's geht nicht ums Geld. Wenn jeder sehen kann, dass sie 's mit dir machen können, pissen sie auf dich. Also pass ich sie ab und mach ihr die Rechnung auf. Die sah ja immer aus wie frisch vom Friseusinnen-Ball, Piccolo-Königin, Klamotten schick, im Handtäschchen Captagon parat. Wie geht das, frag ich?« Er hielt inne und blickte zu Achim. »Wusste gleich, was Sache ist. Fing das Explizieren an, Heulerei und was nich alles. Ich hab sie nicht mit dem Arsch auf die Herdplatte verfrachtet, ich hab's wie die Schlitzaugen gemacht«, er griff nach Achims Hand und umschloss seinen Zeigefinger, »brauchst nur 'n gutes Messer.«

Achim spürte die schweißfeuchte, warme Faust.

»Was willst du? Hast du dich das mal gefragt?«

Sie schwiegen einen Augenblick.

Dann zog Achim seine Hand weg. »Ich weiß, was ich will.« Er hob das Rohr vom Boden auf.

Später rieb er sich das Blut mit feuchtem Gras von den Händen.

Auf der Fahrt zurück sprachen sie kaum ein Wort. »Setz mich an der Tankstelle ab«, sagte Achim. Die Straße war nass vom Regen, die Risse im Asphalt schwarz. Sie hielten im Leerlauf neben den Tanksäulen, Achim öffnete die Beifahrertür und wollte aussteigen.

»'ne Sekunde«, sagte Falco. Er blickte über den Rand seiner Sonnenbrille und nickte in Richtung Kofferraum, der einen Moment später aufsprang. Achim stieg aus und sah über das Autodach hinweg zur Tankstelle. Marie stand immer noch hinter der Theke, er konnte sie durch das Fenster sehen. Sie hatte die Flaschen im Schrank sortiert und wischte mit einem Tuch über die Kasse. »Okay«, sagte er.

Die Tür fiel mit einem satten Geräusch ins Schloss. Seine Kleidung klebte auf der Haut. Er ging um den Wagen herum und hob die Tasche aus dem Kofferraum. Sie hatte grau abgesetzte Taschen an den Seiten und war schwer, die Riemen aus Nylon noch ganz glatt.

In der Küche roch es nach Bratenfett und Kaffee. Pfannen und Teller lagen gespült auf einem Küchenhandtuch. Er stellte die Tasche auf den Tisch und nahm sich eine Flasche Bier aus dem Kühlschrank. Er schob die Finger zwischen den Reißverschluss. Die Scheine fühlten sich neu und unbenutzt an.

Er hörte, wie sie aufstand. Die Matratze knarrte, einen Moment später zog sie die Schlafzimmertür auf. Sie trug eines seiner Hemden, darunter ein weißes Shirt, sonst nichts.

»Was ist los«, sagte sie und lehnte sich gegen seine Schulter. Ihre Stimme klang müde und belegt. Er nahm einen Schluck aus der Flasche und schüttelte den Kopf. »Nichts.«

Sie legte ihre Hand auf sein Haar und strich darüber. »Bist ganz nass.«

»Regen«, sagte er und nickte Richtung Fenster.

Sie setzte sich auf den Stuhl neben ihn. »Was ist passiert?«

»Nichts«, wiederholte er. »Nichts.«

»Ich seh doch, dass was los ist.«

»Gib mir ’ne Kippe.«

Sie stand auf, ging ins Schlafzimmer und kam mit einer Schachtel Zigaretten zurück.

»’s war nichts.« Er nahm eine Zigarette aus der Schachtel. »Alles gut. Alles bestens.«

»Siehst anders aus.«

»Ja, aber ist nichts passiert, verdammte Scheiße«, sagte

er und zündete sich die Zigarette an. Er sah auf die Glut. »Und ich wiederhole mich nich so gerne, klar?«

Sie hob die Augenbrauen. »Wie du willst.«

»Wenn die Scheiße gelaufen ist«, sagte er und aschte ab, »wenn genug Kohle da ist, spielt alles keine Rolle mehr – Tankstelle, das Kaff hier. Lassen wir hinter uns. Vorne mit dabei sein, sich die Sonne in die Fresse scheinen lassen.« Er legte seine Hand an ihre Wange. »Ich hab getan, was nötig ist. Was ich tun musste.«

»Okay«, sagte sie. »Okay.«

Er legte die Zigarette in den Aschenbecher, zog ihr das T-Shirt hoch und küsste ihren Bauch. »Geh dich mal 'ne Runde frisch machen«, sagte er und sah sie an. »'ne lange Runde. Ich muss telefonieren.«

Sie nahm die Zigarette aus dem Aschenbecher.

»Mach ich, Schatz.«

Er gab ihr einen Klaps auf den Hintern und wartete, bis sie im Badezimmer die Dusche angestellt hatte. Dann wählte er Hallers Nummer.

18

Etwas ist anders. Die Straßen sind leer, die wenigen Menschen kommen ihnen ausdruckslos entgegen. Es ist nichts zu hören außer dem Motorengeräusch. Er sieht in den Rückspiegel: Sie hat den Kopf in den Nacken gelegt und schaut aus dem Fenster, den Blick auf unendlich gestellt. Die Aktentasche aus Leder liegt über ihren Knien. Sie hat ihn förmlich begrüßt, ihn nicht einmal richtig angesehen. Seitdem sie losgefahren sind, haben sie kein Wort gewechselt.

»Sehen wir uns heute?«, fragt er, und ihre Blicke treffen sich im Rückspiegel.

»Ich weiß nicht«, sagt sie. Sie wendet den Blick ab und lächelt. »Ich habe viel zu tun.«

Für einen Moment weiß er, dass sie das Richtige tun. Dann schlägt etwas gegen die Frontscheibe, und eine Explosion folgt, Glas splittert, ein Pfeifen in seinen Ohren, der Geschmack von Blut in seinem Mund …

Dunkel hörte das Klopfen und öffnete die Augen. Er schmeckte den Schnaps der letzten Nacht in seiner Kehle, für einen Augenblick hätte er nicht sagen können, wo er sich befand. Der Traum überlagerte die Wirklichkeit.

»Richard.« Das war Anheusers Stimme.

Dunkel setzte sich auf und griff nach dem Hemd, das auf dem Boden lag, und streifte es über. Dann goss er ein wenig Wasser in die hohle Hand und spritzte es sich ins Gesicht. Ein paar Tropfen fielen auf die Hose. Er spürte ein heißes Pochen im Nacken. *Ihr Gesicht. Immer wieder sah er ihr Gesicht.* Er wischte Zigarettenasche und Kronkorken von der Tischplatte. Dann zog er sich die Jacke an und öffnete die Tür.

»Wie siehst du denn aus?« Anheuser blickte an ihm herunter. »Das hier ist kein Urlaub, wo du dich volllaufen lassen kannst.«

Dunkel rieb sich mit der flachen Hand durchs Gesicht. »Dreh zweimal am Tag meine Runden.« Er ging langsam die Treppe hinunter und schob Anheuser zur Seite. »Und dann jede Nacht die gleichen Bilder.«

»Richard«, sagte Anheuser, er sprach ruhig und leise. »Du solltest zu jemandem gehen.«

»Ich leg mich auf keine Couch, das geht keinen was an.«

Anheuser hob einen flachen Stein vom Boden auf und warf ihn mit voller Wucht in die Luft. Der Stein beschrieb eine lange Kurve und landete in einer Schlammpfütze. »Wir sind nicht mehr in irgendeinem Nest in Gabun oder Zentralafrika. Das ist endgültig vorbei. Du musst neu anfangen.«

Dunkel nickte. Dann sagte er: »Und warum haben wir das alles getan?«

»Ich habe fünfhundert Tage im Dschungel verbracht, bin aus Flugzeugen gesprungen, weil das ein Abenteuer war«, sagte Anheuser und hob die Augenbrauen. »Nicht weil ich die Welt retten wollte.«

»Die Welt kann mich am Arsch lecken, dafür hab ich zu viel Scheiße von der anderen Seite gesehen, von dem, was passiert, wenn keiner hinguckt.« Dunkel klopfte sich mit der Faust auf die Brust und holte die Zigaretten aus der Jackentasche.

»Camel ohne.«

»Ich hab mich nicht verändert«, sagte er und steckte die Schachtel wieder in die Jackentasche.

»Wir alle haben uns verändert.«

Dunkel nahm einen Zug und schnippte die Zigarette in eine Wasserpfütze. »Das mit dem Jungen war kein Unfall.«

Anheuser sah ihn an und rieb sich über das Kinn. »Nach der Grundausbildung, das erste Mal Ausgang, erinnerst du dich? Nach den abgewichsten Caporaux, die dich dreihundert Liegestütze haben machen lassen, wenn du sie nur schief von der Seite angesehen hast, nach der ganzen Knochenmühle in Castel hatten wir gesagt, dass wir unser Geld für Sprit und Bräute raushauen.« Er räusperte sich. »Keine halbe Stunde später hattest du im erstbesten Laden Ärger.«

»Er hat das Mädchen angefasst.«

»Das war eine billige Nutte, mehr nicht.«

»Ob sie 'ne Nutte war oder nicht spielte keine Rolle.«

»Ja, du wolltest auch immer nur kämpfen«, sagte Anheuser. »Deswegen bin ich damals an den heißesten Punkt der Erde – nicht wegen Srebrenica oder dem Ruf der Menschlichkeit. Die Wahrheit ist, dass ich die Musette vollpacken und auf ein paar Tschetniks anlegen wollte.«

»Die Drecksarbeit will keiner machen.«

»Wenn du einmal die MAT in der Hand hattest«, sagte Anheuser. »Willst du auch abdrücken.« Er klopfte Dunkel auf die Schulter. »Ich lad dich zum Frühstück ein.«

»Paar Kilometer durch ist ein Autohof.« Dunkel nickte in Richtung Straße. »Aber der Fraß ist miserabel.«

»Besser als nichts«, sagte Anheuser.

Sie fuhren an der Tankstelle vorbei. Anheuser stellte das Radio an, leise Musik lief. Die Sonne schien. Dunkel schloss die Augen. Er fühlte sich müde.

19

Der wochenlange Regen hatte die Staubecken bis zum Rand gefüllt. Mondlicht spiegelte sich auf der Wasseroberfläche und tauchte die Absperrungen in grelles Licht. Ihr Wagen stand in einer schmalen Parkbucht direkt hinter einer Kurve. Sie warteten bereits seit einer Stunde.

»Da sind sie«, sagte Achim.

Scheinwerferlicht zerschnitt die Dunkelheit. Ein Sprinter hielt mit laufendem Motor auf der anderen Straßenseite, und die Innenbeleuchtung ging an. Der Rumäne saß hinter dem Steuer, ein weiterer Mann neben ihm – größer, mit länglichem Gesicht und einer verwaschenen grauen Kappe. Achim blickte zu Behrentz, der sich im Beifahrersitz aufrichtete, und schnippte die Zigarette aus dem Fenster. »Bleib sitzen.«

Fauliger Gestank wehte aus dem naheliegenden Bruchwald herüber. Die Holzpolter auf der Hügelkuppe lagen noch im Streubereich der Scheinwerfer, wirkten aber dunkler als die restliche Umgebung. Er überquerte langsam die Straße. Der Rumäne stellte den Motor ab und ließ das Seitenfenster herunter.

»Du bist spät«, sagte Achim.

»Autobahn voll.«

»Hast du alles?«

»Hinten«, sagte der Rumäne.

»Okay.«

»Und Geld?«

»Zuerst das andere.«

»Zuerst Geld.«

»Im Kofferraum.« Achim nickte Richtung Auto.

Der Rumäne blickte zum Kombi und schüttelte den Kopf. »Du bringst Geld.«

Achim nickte und rief: »Behrentz, komm rüber.«

Auf der Mittelkonsole des Sprinters lagen eine leere Schachtel Zigaretten und ein Porno-Magazin. Der Rumäne sagte grinsend: »Titten gut.«

Achim tat so, als betrachte er das Cover, behielt aber den Beifahrer im Blick. Der Mann war glatt rasiert, mit blassen, dünnen Lippen und einem Siegelring an der rechten Hand.

»Ja«, sagte er. »Gute Titten.«

Der Rumäne lehnte sich aus dem Fenster und zeigte auf die Tasche. »Ich will sehen.«

Achim wandte sich an Behrentz und sagte: »Mach auf.«

Behrentz zog den Reißverschluss auf und hob die Tasche an. Der Rumäne schnalzte mit der Zunge und öffnete die Fahrertür.

»Der im Wagen«, sagte Achim, »der soll aussteigen.«

»Warum, mein Freund?«

»Ist besser so.«

Der Rumäne klopfte gegen die Seitenwand des Sprinters, der Mann im Wagen murrte kurz, stieg dann aber aus. Er ging um den Sprinter herum und stellte sich zu ihnen. »Nur Zigarette«, sagte er und holte eine zerdrückte Schachtel aus der Jackentasche. Achim bedeutete den beiden, dass sie vorgehen sollen.

»Ganz langsam alles«, sagte er. »Keine Scheiße jetzt.«

Sie blieben vor dem Heck stehen, der Rumäne murmelte ein paar Satzfetzen und zog am Griff. Der Hecktürflügel öffnete sich mit einem hohlen Klacken, die Beleuchtung sprang automatisch an. Auf der Ladefläche stand eine in transparenter Folie verpackte Europalette.

Achim pfiff durch die Zähne und sagte: »Behrentz, beweg dich.«

Behrentz stieg auf die Ladefläche und schnitt mit einem Taschenmesser durch die Folie. Dann nahm er eine Schachtel heraus und überprüfte den Inhalt.

»Was wir wollten«, sagte er und riss ein weiteres Stück Folie von der Palette.

Der Rumäne lächelte knapp. »Alles gut«, sagte er und zeigte wieder auf die Tasche.

»Kriegst dein Geld«, sagte Achim. »Immer mit der Ruhe.«

Der Rumäne starrte in die Dunkelheit. »Wo is Kollege, der von letzte Mal?«

»Nicht da«, sagte Achim.

»Wieso nicht da?«

»Geht dich nix an.«

»Aber kein Bulle, ja?«

»Der ist kein Bulle«, sagte Achim.

Behrentz begann, die Medikamente umzuladen. Nach der zweiten Fuhre lief ihm der Schweiß über Stirn und Hals. Der Rumäne nickte seinem zweiten Mann zu, der wortlos auf die Ladefläche stieg und Behrentz beim Umladen half.

»Guter Mann«, sagte er und zeigte beim Lächeln eine Reihe gelber Zähne.

»Ja«, sagte Achim. »Glaube ich.«

Sie sahen, an den Kofferraum ihres Wagens gelehnt, dem Sprinter hinterher. Das Rücklicht war noch in einigen hundert Metern Entfernung zu erkennen. Zwei grellrot wabernde Punkte, die kleiner wurden, bis sie ganz in der Dunkelheit verschwunden waren.

Achim pfiff mit zwei Fingern, einen Moment später tauchte Haller hinter einem der Holzpolter auf. Er blieb auf der Kuppe stehen, blickte in die Dunkelheit, kam dann langsam den Hügel hinunter.

»Hat Lunte gerochen.«

Haller fingerte eine Zigarette aus der Schachtel in seiner Hemdtasche und sagte: »Hätten die wegknallen sollen.«

Letzten Sommer hatte Haller einen Hund mit der Schrotflinte erschossen, weil er an seiner Hütte herumgestreunt war. Von dem Hund blieb ein Klumpen blutiges Fell übrig. Den Kadaver vergrub er unter einer Hecke. Noch Wochen später hingen die schlecht kopierten Suchplakate mit dem Foto des vermissten Hundes an den Straßenlaternen. Haller machte sich einen Spaß daraus, dem Besitzer immer wieder Hinweise zu geben, wo er den Hund gesehen hatte.

»Was hätte das gebracht?«

Haller äffte ihn nach: »Was hätte das gebracht?« Er zog an der Zigarette und schwenkte sie vor Achims Gesicht. Die Glut hinterließ flirrende Lichtspuren.

»Hätten 'n paar Typen aus'm Osten am Arsch, schneller als du A sagen kannst.«

Haller kam noch ein Stück näher, die stecknadelkopfgroßen Narben auf seinem Gesicht sahen im Mondlicht wie kleine Krater aus. »Haste keine Eier mehr?«

»Ich hab Hirn im Schädel.«

»Ach ja?«

»Ja.«

»Hört auf damit«, sagte Behrentz.

Haller packte ohne Vorwarnung zu – Behrentz' Mund klappte auf, Spuckefäden blieben in seinem Bart hängen, er röchelte.

»Wenn wir dich nich bräuchten, ich würd dir das Gas abdrehen und den Hunden zum Fraß vorwerfen.«

Behrentz' Gesicht schwoll an, seine Augen tränten.

»Das reicht«, sagte Achim. »Lass ihn los.«

»Sonst was?«

»Er ist wichtig«, sagte Achim.

Behrentz sackte auf die Knie und kippte in den Dreck.

»Können wir klären.« Haller baute sich vor Achim auf und ballte seine Fäuste. »Lang und dreckig.«

Achim richtete sich an Behrentz und sagte: »Fahren wir los, gibt Besseres, als hier rumzuquatschen.«

20

Dunkel öffnete das Seitenfenster. Die Nachmittagsluft schmeckte nach Öl, Benzin und altem Müll. *Nino's Ecke*. Nach weiteren hundert Metern wendete er und fuhr auf den Parkplatz des Lokals. Er stellte den Motor ab und stieg aus.

Nino's Ecke war fast leer. Drei Fernfahrer saßen mit hängenden Schultern an der Theke und blickten in ihre Gläser. Ganz am Ende saß eine Frau, die ihn über den Rand eines Boulevardmagazins hinweg beobachtete. Die Männer nahmen keine Notiz von ihm. Hinter dem Tresen ein korpulenter Mann mit Schnauzer. Er nickte Dunkel zu und blätterte wieder in seinem *Express*. Hinten durch, um einen runden Tisch, saß eine Gruppe Rentner, sie spielten Skat oder ein anderes Spiel, hatten aber eine Pause eingelegt. Die Karten lagen unordentlich zwischen leeren Schnapsspinnchen und halbvollen Aschenbechern. Sie hielten ihre Biergläser in der Hand und unterhielten sich leise.

Dunkel legte sein Portemonnaie auf den Tresen.

»Bier?« Der Mann griff hinter sich, holte ein sauberes Glas aus dem Regal und betätigte routiniert den Zapfhahn. Dann nahm er einen Deckel und machte einen langen Strich in eine der Ecken. Dunkel roch die Pappe, die sich mit Alkohol vollgesogen hatte und wieder getrocknet war. Das Bier war kühl und herb, Dunkel leerte es in drei Zügen.

»Recht so«, sagte der Wirt und stellte ein frisches Bier auf den Tresen. »Aus der Gegend?«

»Nein«, sagte Dunkel, »auf Durchreise.«

Die Rentner nahmen das Spiel wieder auf, ihre Stimmen wurden lauter, einer lachte heiser.

Dunkel schätzte die Frau auf Mitte dreißig. Sie trug einen kurzen Rock. Keine Strumpfhose. Sie schlug alle paar Sekunden ein Bein über das andere. Ein Fernfahrer brummte etwas in ihre Richtung. Dunkel nahm einen Schluck Bier.

»Wohin geht's?«, fragte sie.

»Ich habe Sie nicht richtig verstanden.«

»Nicht richtig verstanden«, sagte sie und setzte sich auf den freien Hocker neben ihm. »Sie sagten, Sie sind auf Durchreise.«

»Ist man das nicht immer?«

»Wie geheimnisvoll«, sagte sie und wendete sich an den Mann hinterm Tresen. »Machst du mir noch einen?«

»Gin Tonic?«

»Gin Tonic«, wiederholte sie und kramte in ihrer Handtasche.

»Sie sind öfters hier?«

»Ich mag die Atmosphäre«, sagte sie und sah sich einmal in dem verrauchten Raum um.

»Die Atmosphäre«, wiederholte Dunkel.

Der Gin Tonic wurde in einem kleinen, halbhohen Wasserglas serviert. Sie nippte daran. »Als würde die Zeit stehenbleiben.«

Er nickte.

»Sie reden nicht gerne.«

»Ich höre zu.«

»Gibt nicht viele Männer, die das können.«

Die hohen Wangenknochen, die vollen Lippen ließen sie jünger wirken, doch er verließ sich nur auf die Augen. Niemand log mit den Augen. Sie hatte versucht, die Schwellungen und Tränensäcke mit Make-up abzumildern, aber er sah die Nächte, deren Samt immer rauer geworden war.

Sie lachte. »Ich rede zu viel.«

»Sie müssen sich für nichts entschuldigen.«

Sie fischte die Zitronenscheibe aus dem Glas, löste das Fruchtfleisch aus der Schale, ließ Zunge und Zähne sehen. Als sie aufstand und an ihm vorbeiging, sagte sie leise: »Draußen, in fünf Minuten.«

Er sah ihr nach, trank den letzten Schluck Bier und zahlte auch den Gin Tonic.

Sie wartete auf dem Parkplatz. Sie lehnte an der Motorhaube eines alten Opels und rauchte eine Zigarette. Der blaue Dunst hüllte sie ein. Ihre Stimme klang belegt.

»Hast mich nicht lange warten lassen.«

Dunkel nickte. Er fuhr mit der Hand über das Autodach und ließ sie auf ihrer Schulter liegen.

»Es gibt eine Pension die Straße runter. Sie gehört einem alten Mann, der schlecht sieht und hört.«

»Du kennst dich aus«, sagte Dunkel und strich über ihre Wange.

Dunkel schrieb den Mädchennamen seiner Mutter auf das dünne Papier des Gästebuchs. Er zahlte bar und ließ einen Zwanziger auf dem Beleg liegen. Der Mann an der Rezeption sah an ihm vorbei, als er das Geld einsteckte.

Kaltes Licht drang durch die Ritzen unter den Zimmertüren. Er hörte ihre Schritte auf dem weichen Bodenbelag hinter sich. Das Zimmer lag ganz am Ende des Gangs. Er öffnete die Tür mit einem altmodischen Schlüssel. Sie ging an ihm vorbei, warf ihre Lederjacke aufs Bett, wartete. Er stellte sich hinter sie, umfasste den Hals, seine Hand glitt über ihren Bauch bis zum Schamhaar. Beide sahen in den Spiegel, der über dem Bett hing.

»Ich könnte dir das Genick brechen«, sagte Dunkel und legte eine Hand unter ihren Kiefer.

»Jeder würde sich an dich erinnern.«

»Niemand würde sich an mich erinnern.«

»Der Alte an der Rezeption. Nino.« Sie zuckte, als er die feuchte Stelle zwischen ihren Schenkeln fand.

Danach lagen sie nebeneinander. Sie hatte ihren Kopf auf seine Brust gelegt und fuhr die Narbe vom Rippenbogen bis zur Bauchmitte mit ihrem Zeigefinger nach.

»Fehlt dir was?«

»Das Herz.«

»Wie ist das passiert?«

»Hab ihren Namen vergessen.«

Sie küsste das Ende der Narbe. Er sah ihre Kopfhaut durch das dunkle Haar schimmern. »Wie lange machst du das schon?«

Ihr Gesicht war noch gerötet, der Lidschatten verschmiert. Er streichelte ihr Kinn mit dem Daumen. »Wie du dich bewegst, das Gummi überziehst.«

Sie drehte sich von ihm weg und suchte etwas in ihrer Handtasche, die vor dem Bett lag. »Ich will kein Geld von dir.«

Dunkel legte eine Hand auf ihre Schulter. »Warum nicht?«

»Weil es immer ums beschissene Geld geht, und wenn es nur ums Geld geht, vergesse ich, dass ich am Leben bin.« Sie ließ sich in das Kissen sinken.

»Du wärst jeden Cent wert.«

Sie schüttelte den Kopf. »Die guten Zeiten sind vorbei.«

»Was gewesen ist, spielt keine Rolle.«

»Nein?«

Dunkel drehte sich zu ihr und roch an ihrem Nacken. »Was machst du in diesem Nest hier?«

»Mich nach oben arbeiten«, sagte sie. »Wieder zur Bestform auflaufen.«

Später saß er auf einem Stuhl vor dem Bett und betrachtete sie im Schlaf. Sie hatte das Gesicht eines Menschen, dem etwas geschehen ist. Jetzt lag sie einfach nur da, den Mund leicht geöffnet, die Hand unter der Wange. Wie ein Kind, das nichts von der Welt weiß, dem noch nichts Böses widerfahren ist.

Er stand auf und zog sich an.

21

Achim ging an leeren Getränkekisten vorbei zum Haus, schloss auf und blieb einen Moment in der Nische hinter dem Waffenschrank stehen. Dann ging er weiter in die Küche, stellte die Flasche *Zinn 40* auf den Tisch und öffnete das Fenster. Die Luft war kühl. Er stützte sich auf die Spüle und lehnte sich ein Stück weit hinaus. Die Auffahrt lag verlassen in der Dunkelheit. Der Mond über dem Tannenwald hatte die Farbe von gefrorenem Wasser. »Du weißt gar nicht, wie gut das ist – der Moment, wenn du an den Kühlschrank gehst und dir einfach was rausnehmen kannst, also Bier meine ich. Im Knast«, sagte Behrentz und lehnte sich zurück, »haben wir nur Pruno gesoffen – das Allerletzte. Wenn du nichts hast, nimmst du auch das. Paar Stunden aus der Zelle fliegen, dafür kotzt du eben in den Ausguss.«

»Wie habt ihr den gemacht?«, fragte Haller und öffnete die Schnapsflasche. »Dosenobst und Würfelzucker?«

»Ketchup, Brot, was weiß ich, als Kicker paar geschälte Mandarinen, ab in die Tüte, unters heiße Wasser, ab dafür, hinter die Heizung geklemmt oder in 'ne Socke. Nimmst alles, was du kriegen kannst, für'n paar Stunden Kopf aus.«

Haller verzog das Gesicht. »'s schmeckt nur so, als würd dir einer lauwarm ins Maul pissen.«

Behrentz lachte. »Als würdest du dir mit Kotze die Zähne putzen, hab ich immer gesagt.« Er sah zu Achim. »Sprich jedes Mal, wenn du den Kühlschrank aufmachst und dir 'n eiskaltes Bier nimmst, ab sofort ein Stoßgebet!«

»Ja, ja«, machte Achim und winkte ab.

Haller streckte die Füße aus und grinste. »Musstest du ja noch nie saufen, die gute Knast-Sangria, du kannst einfach deine Tanke aufschließen und dich aus'm Kühli bedienen.«

Der Stuhl neben Achims war leer. Auf dem Tisch lag ihr roter Lippenstift.

Haller stand auf, ging zum Kühlschrank und nahm zwei Flaschen aus dem untersten Fach. Er öffnete beide Flaschen mit seinem Feuerzeug und drückte Behrentz dann eine in die Hand.

Achim sah auf die Uhr. Kurz vor Mitternacht. Marie schlief oben in ihrem Zimmer. Behrentz saß über den Tisch gebeugt und portionierte. »Wenn ich koche, muss ich ballern«, sagte er. »Kann drei Tage lange nicht pennen, Pumpe spielt verrückt, aber 's Ballern is einfach zu geil.«

Achim warf ihm einen Kronkorken gegen den Kopf. »Wie lange brauchst du für die erste Ladung?«

Behrentz zuckte mit den Achseln. »'ne Woche, wenn wir das richtig durchziehen.«

»Kannst nicht schnell genug an die Asche kommen, was?«, sagte Haller und nahm einen Schluck Bier.

»Wann hast du das letzte Mal 'ne Alte aufgerissen?« Achim lehnte sich zurück. »Ich meine, nichts, was für Kohle auf dem Schwanz landet.«

Haller fuhr sich mit den Fingern über die Mundwinkel.

»Was würdest du für ’ne Nummer mit Marie hinblättern?« Achim rieb Daumen und Zeigefinger gegeneinander.

»Marie?«, wiederholte Haller. »’n ganzer Monatslohn.«

»Zwanzig Tage Arbeit«, sagte Achim.

»Zwanzig Tage mit allen Überstunden, die ich kriegen kann«, sagte Haller und setzte sich wieder. Er fuhr sich mit der Zungenspitze über die Lippen. »Is bestimmt trocken wie ’n Schwamm«, sagte er und wendete sich an Achim. »Haste dir schon angespitzt?«

»Würd mir passen – tut mir jeden Morgen erst ma ’n Gefallen, danach schick ich sie auf die Weide.«

»Die Alte schneidet dir die Kehle durch.« Haller winkte ab. »Die lässt aus ihrem Goldschatz kein Pferdchen machen.«

»Wenn’s so weit is, muckt die nicht mehr«, sagte Achim. »Auf der Matratze is die begnadet, aber sonst is da nicht viel. Die wollte Kost und Logis.«

Haller legte den Kopf schief. »Pass lieber auf, dass die nich die Biege machen, die eine wie die andere.«

Achim nahm sich eine Zigarette aus Hallers Schachtel und sagte: »Der Typ, der für die Kanadier arbeitet, an dem is was faul. War vor ein paar Tagen in der Tankstelle und hat nach dem Jungen gefragt. Sollten noch was die Füße stillhalten.«

Haller schüttelte den Kopf. »Wir fangen morgen an. Ich bau die ganze Scheiße nich noch mal ab, und es ist ’n guter Platz, perfekt. Mach dir mal nicht ins Hemd.«

Das Außenlicht schaltete sich ein. Achim drückte die Zigarette im Aschenbecher aus und stand auf. Die Umrisse ihrer zierlichen Gestalt zeichneten sich hinter der Milchglasscheibe der Haustür ab. Sie schloss auf, warf die Stiefel in die Ecke, zupfte sich die Haare zurecht. Das Licht ließ sie die ganze Zeit ausgeschaltet.

»Lässt dich auch mal wieder blicken?« Er fasste ihr in den Nacken und zog sie in die Nische neben dem Waffenschrank. Hallers Lachen klang dumpf zu ihnen in den Flur.

Sie schüttelte den Kopf. »Paar räudige Hunde seid ihr. Sitzt hier und knallt euch die Birne zu.«

Er legte das Kinn auf ihre Schulter, rieb mit der Nasenspitze über die Haut an ihrem Hals. »Wo warst du?«

Sie versuchte sich wegzudrehen, aber er legte ihr die Hand auf den Kehlkopf und zog sie zurück.

»Die Wahrheit, oder ich schlag dir den Schädel ein«, sagte er und schob ihr zwei Finger in den Mund, Speichel tropfte auf Jacke und Boden. Mit der anderen Hand streichelte er ihr über den Kopf und flüsterte: »Jetzt geh rein und halt dein Maul.«

Haller hob die Hand und zwinkerte ihr zu. Sie nickte und setzte sich auf den Stuhl neben ihn.

»Bier?«, fragte Haller und hielt ihr die Flasche hin. Sie schüttelte den Kopf und zeigte auf das Speed.

Behrentz grinste und sagte: »'ner Frau wie dir kann man nichts verwehren.«

Rauchschwaden hingen in der engen Küche. Achim öffnete den Kühlschrank und nahm sich eine Flasche Bier aus dem Fach. »Nein«, sagte er und wendete sich dann an Behrentz. »'s gibt kein kostenloses Essen.«

Behrentz sah ihn an und schüttelte den Kopf.

»Verschenk die Amphe nicht einfach so.« Er zeigte auf den Haufen, der auf dem Tisch lag. »Lass dir was bezahlen.«

»Ach was«, machte Behrentz. »Billiges Zeug da.«

»Gibt nix umsonst«, sagte Achim und nahm einen Schluck aus der Flasche. »Das musst auch du endlich mal lernen.«

»Nicht mal der Tod ist umsonst, ich weiß«, sagte sie und zog eine Zigarette aus Hallers Schachtel.

Er stellte die Flasche auf den Tisch. »Was kannst du denn anbieten?«

Sie sah an ihm hoch und zündete sich die Zigarette an. »Geld«, sagte sie. »Cash.«

»Cash«, wiederholte er und lachte. »Hattest du was gebunkert? Oder was nebenbei verdient?«

»Was soll man schon groß tun hier in diesem Kaff«, sagte sie und formte einen Rauchkringel. Sie ließ die Lippen für einen Moment geöffnet. »Ich kann nicht schrauben.«

Achim fuhr mit dem Daumen ihr Kinn entlang. »Dafür kannst du was anderes ganz gut.«

Sie lehnte sich auf dem Stuhl zurück und berührte die Knopfleiste an seinem Hemd. Er nahm ihren Mittelfinger und lutschte daran. Haller pfiff leise durch die Zähne.

»Auf die Knie«, sagte Achim und zeigte auf das Speed, das vor Behrentz auf dem Tisch lag. »Oder ich frag dich noch, wie du an die Kohle gekommen bist.«

Haller schlug sich mit der Faust auf die Brust. »Mann! Der Achim kommt langsam, wa?«, sagte er, Bier lief ihm aus den Mundwinkeln und färbte sein Hemd dunkel.

»'n Scheiß werd ich tun«, sagte sie.

Er lehnte sich über den Tisch, nahm ihr die Zigarette aus der Hand und schnippte sie auf den Boden.

Sie schüttelte den Kopf. »Ich lass mich nicht von 'nem Irren rumkommandieren.«

Achim beugte sich vor und berührte ihre Lippen mit den Fingerspitzen.

»Vergiss es!«, sagte sie und schlug seine Hand weg.

Er hielt ihr rechtes Handgelenk fest und bog den Zeigefinger nach hinten, bis sie auf dem Stuhl hin und her rutschte.

»Lass mich los«, sagte sie, holte tief Luft und sagte es noch einmal: »Lass mich los.« Ihr Kiefer zitterte, sie öffnete den Mund und wollte schreien, aber ihre Kehle war wie zugeschnürt. Dann sackte sie vom Stuhl und blieb auf dem Boden liegen. Behrentz starrte auf den gebrochenen Finger, der lose an ihrer Hand hing, fasste sich an den Bauch, sprang auf und erbrach sich in die Spüle. Achim nahm die Bierflasche vom Tisch und klopfte mit dem Boden gegen ihren Hinterkopf. »Komm hoch.«

»Ja«, sagte sie leise. »Ja.«

Er fasste unter ihr Kinn, dann winkte er Behrentz heran.

22

Die Schrift auf der Ortshinweistafel war ausgeblichen, der Name nur schwer lesbar. Dunkel erkannte die Umrisse des Autohofs in der Entfernung und ging vom Gas. An der letzten Kreuzung sprang die Ampel auf Rot. Ein Mädchen tauchte aus einer Nebenstraße auf, sie ging den schmalen, unbefestigten Bürgersteig entlang und blieb an einem Briefkasten stehen. Dunkel warf ihr einen kurzen Blick zu. Die Ampel sprang auf Grün. Er parkte direkt am Autohof vor dem Sanitärbereich. Im Shop tauschte er Münzen gegen Duschmarken und holte seine Sachen aus dem Rover.

Im Vorraum stank es nach Urin und billigem Aftershave, der Boden war nass und rutschig. Ein kleiner, dicker Mann mit Glatze stand vor einem der Wandspiegel und schäumte sich das Gesicht ein. Er hatte ein Badetuch um die Hüften gewickelt, sein Rücken war dicht behaart. Dunkel nickte ihm zu und ging weiter zu den Duschkabinen. Er legte seine Kleidung in die Plastiktüte mit dem Rasierzeug und wickelte ein Stück Kernseife aus. Nach dem Duschen rasierte er sich und hob das benutzte Handtuch vom Boden auf.

Im Wagen lehnte er sich im Sitz zurück. Er sah in den

Rückspiegel und erkannte sie am Gang. Dunkel beugte sich über den Sitz und öffnete die Beifahrertür. Kalte Luft drang in den Innenraum. Das Klacken ihrer Absätze auf dem Asphalt. Sie beugte sich in die geöffnete Tür. »Hast du schon genug?«

Er rieb sich über das Kinn und legte die Hand aufs Armaturenbrett. »Ich lebe mich gerade erst ein.«

Ein Lastwagen fuhr vorbei, der Fahrtwind verwirbelte ihr Haar.

Dunkel nickte in Richtung Beifahrersitz. Sie ließ sich auf den Sitz fallen, und er blickte auf ihre Netzstrumpfhose, eine Laufmasche reichte vom Knie bis unter den Rock.

»Ich muss ein paar Dinge besorgen«, sagte er und richtete den Rückspiegel aus.

»Ein paar Dinge.«

»Hygieneartikel.«

»Hygieneartikel«, wiederholte sie und berührte seine Wangen mit den Fingerspitzen. »Zahnbürste, Kamm und Rasierer?«

Er beugte sich nach vorne und startete den Motor.

»Was ist mit deinem Finger?«

»Hast du eine Zigarette?«

Dunkel sah auf ihren Mund, wie sich die Lippen beim Sprechen bewegten, dann nahm er die Schachtel aus der Mittelkonsole.

Sie zündete sich eine Zigarette an, nahm einen Zug und leckte sich Tabakreste von den Lippen. Sie ließ den Rauch aus dem offenen Mund wabern und sagte: »Hier gibt es nur Erledigte.« Sie drückte die Zigarette im Aschenbecher aus. »Verlierer mit großen Träumen, und alle glauben, dass noch was passiert in ihrem Leben.«

»Deswegen bleibe ich nie lange an einem Ort«, sagte

Dunkel. Er sah in den Seitenspiegel und fuhr los. Häuser standen in kleinen Gruppen neben der Straße, alte, schäbige Bauten, unverputzt oder mit verwitterten Klinkersteinen.

»Geht alles vor die Hunde«, sagte sie und nickte in Richtung der Häuser. »Wo hast du vorher gelebt?«

Dunkel schaltete einen Gang hoch. »Mal hier, mal da.«

»Bist schweigsam.« Sie leckte sich wieder die Oberlippe.

»Schweigen macht vieles einfacher«, sagte er und zeigte auf ihren verbundenen Finger.

Sie legte den Kopf in den Nacken und klappte die Sonnenblende auf. »Ich seh immer noch gut aus«, sagte sie und betrachtete ihr Gesicht in dem kleinen Spiegel. »Männer lieben mich.«

»Ja«, sagte er und sah sie an.

Sie zog mit geschickten, schnellen Bewegungen ihre Lippen nach. »Männer reißen sich um mich.«

»Beruhig dich wieder«, sagte er und hielt ihren Arm fest. Er musste lachte, dann lachte auch sie.

Sie nahm sich noch eine Zigarette aus der Schachtel und stellte das Radio an. Es lief ein alter Song von Rod Stewart, sie summte die Melodie mit. »Die Leute wollen immer irgendwo ankommen«, sagte sie. »Und wenn sie angekommen sind, wissen sie nicht, was sie da sollen.«

»Niemand kommt jemals irgendwo an.« Er nahm ihr die Zigarette aus der Hand. Sie sank in den Sitz zurück, starrte aus dem Seitenfenster und legte die Hand auf seine.

»Ich verlänger einfach das bisschen Glück, und wart auf die nächste Ladung Scheiße.«

»Das muss nicht so sein.«

Sie lachte. »Was soll ich tun? Mich an die Kasse von 'nem Supermarkt setzen? Drei Monate halte ich das durch, wenn ich die Zähne zusammenbeiße.«

Dunkel hielt neben dem ehemaligen Kontrollhäuschen

der Grube. Glasscherben lagen auf dem Boden, Müllsäcke stapelten sich in den Ecken. Er stellte den Motor ab.

»Was wir hier machen führt in eine Katastrophe«, sagte sie und biss sich auf die Unterlippe. »Irgendwann muss das ein Ende haben.«

Dunkel strich ihr über die Wange. »Das wird es.«

Er stieg aus und nahm seine Hände wahr, als seien sie kein Teil von ihm, als seien es die Hände eines Fremden. Sie bewegten sich langsam, wie in Zeitlupe, griffen nach dem Autoschlüssel und steckten ihn in das Schloss. Er spürte ein Kribbeln unter der Kopfhaut, der Puls hämmerte in seinen Ohren, kalter Schweiß lief ihm über den Rücken. »Alles okay?« Ihre Stimme klang entfernt und verwaschen. Er ließ den Kopf nach vorne sinken, bis die Stirn das kühle Autodach berührte. Sie stand hinter ihm, und er wusste, dass sie ihn nur anfassen wollte, um ihn zu beruhigen, aber er kam nicht dagegen an.

Sie war leicht wie eine Feder, ihr Hals so schmal, dass er ihn mit einer Hand fast umschließen konnte. Sein Daumen drückte in das dünne Fleisch über dem Brustbein. Er fühlte ihren Atem. Eine Bewegung, und alles Leben in ihr wäre erloschen.

»Lass mich los.« Ihre Stimme zitterte. Er sah die Angst in ihren Augen. »Lass mich sofort los.«

Dunkel starrte auf seine Hand, den Geschmack von Blut im Mund. »Du hast dich zu schnell bewegt.«

Sie rieb sich über den Hals und hob ihre Tasche vom Boden auf. »Du bist auch nur ein verdammter Irrer.«

Er drehte sich um und griff nach ihrer Hand. »Warte«, sagte er und zog sie an sich.

Sie gingen an den Pingen vorbei und erreichten den Hügel vor dem Stausee. Dunkel blieb auf der Kuppe stehen und holte die Zigaretten aus seiner Jackentasche.

»Was machst du in diesem Nest?«

»Das hast du mich schon gefragt.«

»Ich habe keine Antwort bekommen.« Er reichte ihr eine angezündete Zigarette.

Sie schüttelte den Kopf. »Ich bin schon was rumgekommen, mir bleibt nicht mehr viel.«

Dunkel nickte. »Hast verbrannte Erde hinterlassen.«

»Nicht eingehaltene Versprechen.«

»Schulden.«

»Was soll das werden? Ein Verhör?«, fragte sie und gab ihm die Zigarette zurück.

»Nichts.«

»Fahr mich einfach zurück.«

»Wohin soll ich dich fahren?«

Sie seufzte. »Setz mich an der Tankstelle ab.«

»Okay«, sagte er. »Okay.«

Im Wagen drehte sie wieder das Radio an und suchte nach einem Sender, der Musik spielte. »Nein«, sagte sie, als er auf die Bundesstraße abbiegen wollte, »fahr durch die Schlucht.«

Dunkel kannte den Weg. Eine Abkürzung zwischen den Tälern, die in einem gerodeten Waldstück mündete und hinter der Tankstelle vorbeiführte. Er fuhr langsam, achtete auf den Gegenverkehr. Die Fahrbahn wurde seitlich durch eine Mauer aus grauen Wackersteinen begrenzt, darüber spannten kleinmaschige Steinschlagnetze. Auf der anderen Straßenseite fiel die Böschung steil ab, der Blick reichte bis zum dichten Nadelwald, der wie eine grüne Decke über dem Grund lag. Alle hundert Meter waren Ausweichtaschen in den Stein gehauen worden.

»Vor ein paar Wochen hat es unten am Bruch einen Unfall gegeben«, sagte sie und drehte das Radio leiser. »Besoffene Jugendliche. Die Straße hat da keine Leitplanke.« Sie schüttelte den Kopf. »Lebendig verbrannt. Kannst du dir das vorstellen?«

»Ja«, sagte Dunkel. »Das kann ich mir vorstellen.«

Sie nickte und sah schweigend aus dem Fenster. Der Himmel hatte die Farbe von Stahl.

23

Marie nahm zwei kleine Flaschen Wodka aus dem Schrank hinter der Kasse. Sie wog die Flasche in den Händen, strich über das Etikett und packte sie in eine der dünnen Plastiktüten. Sie öffnete die Tür und trat aus der Tankstelle. Der Himmel war hellblau, die Farbe leuchtete wie ein nagelneues Kinderbett. Sie schloss die Augen und genoss die Wärme der Sonnenstrahlen.

Achim stand vor der Werkstatt und klopfte sich mit einem Schraubenschlüssel Dreck von den Schuhsohlen. Eine noch nicht angezündete Zigarette klemmte in seinem Mundwinkel.

»Wieder zur Pollozek?«, fragte Achim. Marie nickte.

»Was will die Alte?« Er steckte einen Finger in die Tüte, zog sie auf und linste hinein. »Wodka, immer nur Wodka.«

»Sie ist einsam«, sagte Marie. Sie blieb vor der Werkstatt stehen und warf einen Blick in den leeren, nach Öl riechenden Raum.

Er spuckte auf den Boden. »Mein Alter ist immer zu ihr«, sagte er und legte den Schraubenschlüssel in den Werkzeugkasten. »Jämmerlich verreckt ist er trotzdem. Aber eine Sache hat mich gewundert, die hat mich immer gewundert.« Er sah Marie an und schüttelte den Kopf. »Hat nie Geld genommen.«

Die Alte kniete in einem der wilden Beete vor ihrem Haus. Vor ihr lagen schmale Bündel aus Kräutern, die sie in einer bestimmten Ordnung angehäuft hatte. Sie trug einen zerfransten Strohhut und einen Küchenkittel aus weißem Plastik. Sie sah kurz auf und wandte sich wieder den Kräutern zu. »Was willst du?«

Marie blieb vor der niedrigen Mauer stehen und stellte die Tüte auf einen flachen Begrenzungsstein. Die Flasche klackte, und die Alte hob den Kopf.

»Ich dachte, ich tue Ihnen einen Gefallen.«

Die Alte seufzte und kam langsam auf die Beine. Sie nahm ein Kräuterbündel in die Hand. »Beifuß, Frauenmantel, Nachtkerze – daraus mache ich Tee, den Sud lässt du ziehen, und dann kannst du ihn trinken, bei Magenbeschwerden, Durchfall. Oder du kannst es auftragen, bei unreiner Haut zum Beispiel.« Sie hielt Marie die Kräuter hin, hob das Kinn und blickte in den Himmel. Das Haus stand im Schatten, die Sonne erreichte den Grund der Schlucht nicht. »Aber das ist nicht das, was deine Mutter braucht. Sie braucht etwas, um die Schwellung zu mildern. Eine Paste aus Arnika, Beinwurz und Ringelblume.«

»Woher wissen Sie das?«

Die Alte lächelte. »Alle Dinge, die du tust, sind eine Vorbereitung auf den Tod, wusstest du das nicht?«

»Achim sagt, Sie hätten seinem Vater Tee gegeben, und es hätte nichts mehr genutzt.«

»Eine Messerspitze Altsitzerpulver«, sagte sie und öffnete ihre Hand, »macht einen warmen Magen. Eine zu viel …« Sie lächelte. »Dass seine Leber nur noch eine vernarbte Masse war, hat er dir nicht gesagt?«

Marie schüttelte den Kopf. Abgebrochene Strohhalme aus dem Hut ragten der Alten tief ins Gesicht, ihr Haar war zu einem schmalen Zopf zusammengebunden.

»Was hast du in der Tüte da?«

»Wodka«, sagte sie. »Sie trinken immer nur Wodka.«

Die Alte schob sich den Hut in den Nacken und blinzelte. »Warum bleibt deine Mutter bei ihm?«

Marie zuckte mit der Schulter. »Ich weiß nicht.«

»Manchmal muss man sich von Dingen trennen«, sagte sie. »Du könntest das Blei aus seiner Munition mit Essigsäure und Schimmelentferner vermischen. Bleibt ein bisschen graues Pulver übrig.« Sie stand auf und zog sich den Hut vom Kopf. »Jeden Morgen und jeden Abend einen Löffel in das Essen. Beginnt ganz langsam, habe ich gehört. Anfangs sind es nur die Beine, als sei man um Jahrzehnte gealtert. Feuchtes Wetter. Die Knochen. Und wenn er Krämpfe bekommt und sich die Seele aus dem Leib kotzt, ist's die Grippe. Wenn es so weit ist, dass er die Türklinke nicht mehr runterdrücken kann …« Sie beschirmte ihre Augen und blickte in den Himmel. »Es wird bald regnen. Du gehst besser.«

24

Dunkel saß in der Eckbank, Füße auf dem Tisch. Er nahm einen tiefen Zug aus der Zigarette und drückte die Glut in den Stoffbezug. Zehn Brandlöcher – sechs waagerecht, vier senkrecht. Danach drückte er die Kippe in einem Schraubverschluss aus. Es war Zeit für seine Runde. Er stand auf und zog sich die Jacke über.

Die kalte Luft traf ihn wie ein Schlag. Er klappte den Kragen hoch und rieb die Hände aneinander. Die Tür zum Wohnwagen ließ er angelehnt. Er versank bis zu den Knöcheln im Schlamm. Im fahlen Morgenlicht wirkten die Gebäude, als löse der Regen sie auf. Äste bogen sich vor Nässe. Er wandte sich nach Westen. Das Tal erstreckte sich bis zum Stausee, ein schmaler Streifen hellgrünes Land, das von Nadelwald und verlandeten Absetzteichen begrenzt wurde. Er konnte die Umrisse des Wegekreuzes erkennen, das auf der Stirnseite stand.

Die Pingen waren randvoll, die Wildwiese auf den Halden kniehoch. Er blieb auf dem Grat stehen, ging dann über den zugewucherten Karrenweg in den dichter werdenden Wald. Der Stollenmund lag in einem sich verjüngenden Siefen. Birken, Tannen und Labkraut säumte die Schlucht. In der Mitte floss ein Rinnsal, Blätter hatten sich über den Boden gelegt. Nicht weit von dort war der Junge gestorben.

Er konnte die Umrisse einer Person im Schatten des Mundstücks erkennen. Dann einen zweiten Mann. Der eine groß, untersetzt, mit Vollbart. Der andere kleiner, hager, mit roter Mütze. Overalls und Arbeitsstiefel lagen neben dem Stolleneingang. Sie rauchten. Der mit dem Funkgerät trank aus einem Flachmann. Sie agierten ohne Eile.

Dunkel ging mit offenen Händen auf die Männer zu. Benzingeruch lag in der Luft. Sie drehten sich gleichzeitig um, der Kleinere stellte sich Dunkel in den Weg.

»Is 'ne geschlossene Gesellschaft.«

Dunkel blieb stehen und zeigte auf das Funkgerät, das der Kleinere in der Hand hielt.

»Verdammt nützlich, wenn man hier draußen is.« Der Mann musterte ihn und lächelte knapp. »Vor allem, wenn man alleine is.«

Dunkel sagte: »Das hier ist Privatgelände.«

»Du bist der Pisser, den die Kanadier angeheuert haben«, sagte der mit dem Funkgerät. »Wie lange bist du schon hier?«

»Paar Tage.«

»Spielst den Wachhund. Dass ich nicht lache.« Er spuckte auf den Boden. »Wegen dem Jungen. Da ham wir nix mit zu tun.«

Das Funkgerät gab ein lautes Knacken von sich. Für einen Moment starrten alle drei darauf.

Der Kleinere stellte das Funkgerät ab. »Am besten wär's, du würdest dich verpissen.«

Dunkel nickte.

»Bist kein Bulle.« Er zog die Mütze tiefer ins Gesicht und fasste sich an den Hosenbund. »Spiel nich den Macker.«

Dunkel hatte den Griff des Messers in der Jackentasche umfasst und es aus dem Schaft gezogen. Er wich dem Funkgerät aus und schlug dem Mann die Klinge gegen die andere Hand. Zwei Finger fielen ins Gras, Blut spritzte aus den Stumpen. Die erste Gerade traf den Kehlkopf, die zweite die Kinnspitze. Der Mann griff sich im Fallen an den Hals, stürzte auf den Boden und bewegte sich nicht mehr. Dunkel steckte das Messer weg, drehte ihn mit der Fußspitze auf den Bauch, zog die Waffe aus seinem Hosenbund und zeigte mit dem Lauf auf den Dicken. »Mach keinen Scheiß.«

Der andere Mann grinste. »Mir machst du keine Angst.«

Dunkel holte aus und schlug ihm den Knauf auf die Schulter. Der massige Körper sackte zusammen und kippte ins Gras. Urin färbte die Hose.

Er legte ihre Arme mit den Pulsseiten aneinander und zog den Kabelbinder fest. Sie lagen jetzt Rücken an Rücken auf dem Boden. Die Klinge hatte Knochen und Gelenke sauber durchtrennt. Er schaltete das Funkgerät auf Empfang und stellte es zwischen ihren Köpfen ins Gras.

Dunkel öffnete die Holzbox neben dem Stolleneingang. Der Generator darin war neu, lief leise. Die gleiche Marke wie der Power Pack, den er in der Tankstelle gekauft hatte. Er ging weiter in den Stollen hinein. Zwei Bauleuchten erhellten das Innere. Auf einem niedrigen Campingtisch standen Kochplatte, Erlenmeyerkolben, Liebigkühler. Dahinter Ventilatoren, alles an einem Mehrfachstecker angeschlossen. Kein einziges Teil zurückverfolgbar. Die Mittel frei erhältlich, ohne Kontrolle zu beschaffen, einfach selbst herzustellen. Methanol, Aceton, Streichhölzer, Ätznatron, Jodkristalle, Kaffeefilter. Graue Müllsäcke lagen aufgerissen unter dem Tisch. Dunkel las sich die Inhaltsstoffe auf einer der Medikamentenpackungen durch. Weitere Säcke lagen verknotet im hinteren Bereich. In einer Nische hinter den Tischen stand eine Sporttasche aus Nylon. Dunkel öffnete den Reißverschluss. Die mit Klebeband umwickelten Gefrierbeutel waren alle gleich schwer. Er legte die Pakete zurück und schulterte die Tasche. Der Gestank des Teilereinigers war beißend, er zog die Spur hinter sich her, blieb im Eingang stehen und zündete ein Streichholz an.

Für einen Moment sah er auf die helle Flamme und warf es dann in den Stollen. Das Feuer fand schnell seinen Weg. Die Explosion war kurz und laut. Er spürte die Hitzewelle, hörte Glas bersten. Im Gras fand er einen Flachmann, den einer der Männer verloren haben musste. Er nahm einen Schluck und legte den Kopf in den Nacken. Die Sonne schien.

25

Sie knüllte Taschentücher zusammen und legte sie auf die Innenseite des Unterarms.

»Weißt du überhaupt, was du da machst?«, fragte Achim.

Sie hob den Blick. Ihre Stimme war ruhig und deutlich. »Hast keine Kompressen. Also nehmen wir, was da ist.« Sie umwickelte das Druckpolster mit einer Mullbinde und fixierte sie mit Heftpflaster. »Die Blutung muss gestoppt werden. Und das sind die beiden Hauptarterien«, sagte sie und zeigte auf Hallers Arm.

Achim musterte die nasse Plastikschale, die auf dem Tisch stand. Sie hatten Eiswürfel auf die Finger gelegt.

Haller biss auf den Filter seiner Zigarette. Achim nahm das Funkgerät in die Hand. Er schaltete es ein und wieder aus. »Den greifen wir uns noch.«

Sie senkte den Blick, schüttelte den Kopf und goss dann das Wasser aus der Schale in die Spüle.

»Gib mir noch was von der Amphe.« Haller zog die Nase hoch.

Sie nahm einen Lappen und wischte das Blut von der Tischplatte.

»Erledigen wir gleich«, sagte Haller. Er zog zwei Lines

hintereinander und wollte aufstehen, Achim drückte ihn zurück auf den Stuhl.

»Nein«, sagte er. »Wir regeln das anders.«

Das Fördergerüst zeichnete sich vor dem hellgrauen Himmel ab. Er benutzte den alten Schleichweg, der zwischen zwei Feldern verlief, und parkte neben der Flatterulme. In der Unterkrone hing ein armdicker Unglücksbalken. Achim legte eine Hand auf das Totholz. Von hier aus konnte er die verfallenen Gebäude und die Mauerreste sehen. Der Wohnwagen stand fünfzig Meter von ihm entfernt. Er stellte sich den Wohnwagen vor, wie er auf dem Händlerplatz gestanden hatte, noch keinen Kilometer gefahren.

Er hob einen Stein vom Boden auf und wog ihn in der offenen Hand. In dem Fenster hingen keine Vorhänge, er konnte die leere Küchenzeile erkennen. Der Stein war faustgroß, die Oberfläche rau, mit scharfen Kanten. Er zielte und holte aus. Der Stein blieb vor einem der Reifen im Schlamm liegen. Er bückte sich und hob einen größeren Stein auf. Dann spürte er eine Mündung am Hinterkopf, einen Ring aus kaltem Metall.

»Fallen lassen, und ganz langsam, alles, langsam umdrehen.«

»Der Baum da ist innerhalb eines Sommers abgestorben«, sagte Achim und ließ den Stein fallen. Er zeigte seine Handflächen und drehte sich um. »Wir haben hier unser erstes Dope geraucht, Pfeifen aus leeren Colaflaschen. Jeder hatte mal Träume.«

Dunkel nickte. Die beiden Männer standen sich gegenüber und sahen sich schweigend an.

»Ich glaube, du hast was, das mir gehört.« Achim schloss eine Hand und öffnete sie wieder.

Dunkel blickte auf die Waffe. »Alles hat seinen Preis.«

Keiner von beiden sprach. Sie warteten ab. Schließlich schüttelte Achim den Kopf und sagte: »Willst du das wirklich?«

»Marktgleichgewicht«, antwortete Dunkel. Er machte einen Schritt nach hinten, hielt die Pistole auf Brusthöhe.

Achim lächelte. »Willst den Preis nach oben treiben.«

»Nicht ich«, sagte Dunkel. »Die unsichtbare Hand.«

»Die unsichtbare Hand«, wiederholte Achim.

»Ein paar wenige gewinnen. So sind die Regeln. So ist das Gesetz.«

Ein Rabe landete auf einem Ast über ihnen und legte die Flügel zusammen.

Achim spuckte auf den Boden. »Was jetzt kommt, ist nicht gut fürs Geschäft. Das ist für keinen gut.«

Dunkel senkte die Pistole.

»Man kann die Augen nicht immer offen halten«, sagte Achim. »Leg die Pakete an der Tankstelle ab.«

Dunkel presste die Lippen aufeinander. Er dachte an den Vater des toten Jungen, an seine Worte, seinen Blick. »Fahr nach Hause«, sagte er und machte eine Bewegung mit der Pistole. »Lass die Dinge, wie sie sind.«

Achim hielt vor der Werkstatt und blieb hinter dem Steuer sitzen. Seine Hände zitterten. Er atmete tief ein und sah in den Rückspiegel. In seinem rechten Auge war eine Ader geplatzt.

In der Werkstatt roch es nach Öl und Lack. Er blieb vor den Metallregalen mit den Ersatzteilen stehen. Der Wagenheber hatte das richtige Gewicht. Er schleuderte ihn gegen die Wand. Der Wagenheber hinterließ eine Kerbe. Der Klang der Schläge war kurz und dumpf. Ein Betonbrocken fiel ihm vor die Füße. Weißer Staub rieselte in Haare und Hemdkragen. Schweiß auf seinen Unterarmen.

Er zündete sich eine Zigarette an, nahm zwei Züge und drückte sie im Standaschenbecher vor der Tankstelle aus.

Marie lehnte an der Kasse, eine Hand auf ihrer Hüfte, die andere flach ausgestreckt auf der Theke. Sie lächelte, ihr Mund war dabei halb geöffnet. Ihre Mutter stand neben ihr, den Oberkörper leicht zur Seite geneigt.

Die Küchentür war offen. Er setzte sich an den Tisch, legte den Kopf in den Nacken und schloss die Augen.

»Hat bis morgen Zeit.«

Haller hob die verbundene Hand. Blut war durch den Verband gesickert. »Der Rumäne liefert in zwei Tagen«, sagte er. »Hab ihn angerufen. Zwölftausend Päckchen.«

»Kannst du 'nem nackten Mann in die Taschen greifen?« Achim schüttelte den Kopf. »Kannst du nicht.«

Haller legte ihm die verbundene Hand auf die Schulter. »Danach greift der Rumäne keinem mehr in die Tasche.«

Er leckte sich über die Lippen. »Ist vorbei jetzt mit Reden«, sagte er und stand auf.

Achim musste an die Hütte denken, an Radosta, das Bleirohr und das viele Blut.

26

Haller streckte sich und ließ sich dann wieder in den Sessel sinken. Er saß in dem großen leeren Zimmer und starrte in den Kamin, auf die kalte Asche. Dann hielt er seine Hand gegen das einfallende Mondlicht. Die Schmerzen zogen bis in den Kopf, ein heißes Stechen, unaufhörlich.

In seinem Traum lag er auf einer Frau. Die Haut der Frau war glatt und hell, ihre Augen Flecken mit unscharfen Rändern. Sie fasste mit beiden Händen unter ihren Bauch und zog die Haut aus wie ein Kleidungsstück. Darunter kam eine neue Haut zum Vorschein, sie war übersät mit schwarzen Adern und entzündeten Stellen.

Er wachte auf. Das Zimmer war jetzt dunkel. Er ging in den Flur, öffnete die Haustür, dann das Fliegengitter. Auf dem Plastiktisch standen eine leere Schnapsflasche und eine Dose Bier. Er nahm einen Schluck aus der Dose. Das Bier schmeckte abgestanden.

Er kannte die Wälder seit seiner Kindheit. Der Wald war nachts eine geschlossene Welt. Die Geräusche rückten näher. Er watete durch das Fließ hinter der Holzhütte auf die andere Seite der Halbinsel. Auf der Lichtung stand das Gras immer noch kniehoch. Er schob die Halme mit der gesunden Hand zur Seite und ging Richtung Hügel. Die meisten Kreuze hatten den Jahren getrotzt. Der Altar stand hinter einem Erdwall, das Holz war rissig und überzogen mit dunklen Flecken. Wild mied die Stelle, es kam nicht einmal mehr in die Nähe. Haller grub die Finger seiner gesunden Hand in die Erde. Er hatte den Tieren die Läufe gefesselt und ihnen jedes Mal die Kehle durchgeschnitten. Während sie ausbluteten, saß er daneben und hörte zu, wie das Leben aus ihnen wich. Die oberste Erdschicht war mit Laub und Ästen bedeckt. Er grub tiefer. Seine Hand war schwarz vom Dreck. Die Knochen waren glatt und eben. Haller wischte sie an seinem Hemd ab und legte sie nebeneinander. Rippen. Oberschenkel. Die abgekochten Köpfe hingen an der Wand in seinem Zimmer.

Er nahm den gleichen Weg zurück. Im Anbau schloss er den Waffenschrank auf. Die Borchardt roch nach Ballistol, er reinigte sie regelmäßig, ein Erbstück. Als er ging, ließ er die Tür offen.

27

Der Baum war vom Blitz getroffen worden. Der hellere Holzkörper lag frei. Der Stamm hatte sich verkeilt, wurde von zwei kleineren Bäumen gestützt, bildete so ein H. Dunkel prägte sich Form und Lage ein und markierte den Baum mit dem Messer. Zwei gleich lange Schnitte in der Rinde. Die Luft roch nach Regen, seine Nase und die Oberlippe waren feucht von Schweiß. Er legte die Pakete in den Hohlraum an der Wurzel, bedeckte sie mit Erde und Blättern, legte anschließend noch Zweige über die Öffnung.

Im Wohnwagen setzte er sich in die Eckbank und schraubte den *Zinn 40* auf. Er stellte die Flasche auf den Tisch und legte die Pistole daneben. Die Waffe war eine CZ 75, ein tschechisches Fabrikat, keine Kopie. Er fuhr mit den Fingerspitzen den Lauf entlang, spürte das kalte Metall, ließ seine Hand dann auf dem Griff liegen. Er schloss die Augen. Er wusste, was passieren würde. Wenn nicht heute, dann an einem anderen Tag, in einer anderen Nacht. Als ob jemand im Hintergrund unsichtbar die Fäden zog. Er hatte es lange aufgegeben, die Dinge beeinflussen zu wollen. Dunkel nahm den letzten Schluck, ließ den Schnaps im Mund kreisen und blickte durch die Flasche. Im leeren Glas sah er alles: den Tschad, Beirut, Haiti, Nigeria, Djibouti.

Gesichter ohne Augen, Nase, Mund – Gesichter, die nur noch aus Löchern bestehen.

Niemand weiß, wer den Mann getötet hat. Drei Mann schießen auf ihn, vielleicht auch vier. Du siehst den Kopf, wie das Projektil ihn aufplatzen lässt, die Hirnmasse, ein kurzer, heftiger Ruck, und das Blut, wie es sich auf Wände verteilt, auf den Gesichtern anderer, Männer, Frauen, Kinder. Der Körper nur noch eine zuckende Hülle, das Fallen, das Liegen im Dreck, die letzten Dinge. Du willst es nicht, aber du fühlst dich gut. Du lebst. Eine Sekunde in der Dunkelheit. Ein Augenblick oder weniger.

Die Nacht war sternenklar. Dunkel öffnete die Tür und setzte sich auf die Treppe. Er konnte sich selbst riechen.

Das Hotelzimmer in Bujumbura war klein, mit niedrigen Decken und einer Klimaanlage, die nicht richtig funktionierte. Sie lagen auf dem Bett, Laken um die Hüften, hörten auf den Straßenlärm und die lauten Stimmen. Dunkel legte den Kopf auf ihren Oberschenkel.

»Du solltest nicht hier sein.«

Ihre Beine zuckten im Takt ihres Lachens. »Nein, ich sollte genau hier sein.«

»Das geht dich alles nichts an.«

»Ja«, sagte sie und fuhr mit den Fingern durch sein Haar. »Dich geht es auch nichts an.«

»Das ist etwas anderes.«

Sie ließ ihre Hand auf seinem Kopf ruhen. Er küsste ihren Oberschenkel und legte sich hinter sie. »Nshimirimana, jetzt Mbonimpa. Was sagt dir das?«

Sie drehte sich zu ihm um. »Zweihunderttausend Leute haben das Land verlassen, weil sie Angst vor einem neuen Krieg haben«, sagte sie. »Wir können nicht einfach zusehen.«

Er schüttelte den Kopf. »Neunzig Tote im Frühjahr. Hutu, Tutsi, die Opposition in Ruanda … das ist ein großes Pulverfass, und ihr wollt die Wahlen beobachten.«

»Ja«, sagte sie. »Damit fängt alles an. Mit einer sauberen Wahl.«

Er stützte sich auf dem Ellenbogen ab. »In drei Wochen wird die ganze Kommission abgezogen. Äußerst unbeständige Sicherheitslage. Dann wird das alles hier als hostile environment *gelten, und ihr werdet in einen Flieger nach Hause gesetzt.« Er streichelte über ihre Wange.*

»Und was dann?« Sie setzte sich auf und lehnte sich gegen das Kopfende. »Was haben wir dann erreicht?«

Er steckte die Socken in die Stiefel und stieg barfuß in den Wohnwagen. Dort schaltete er die Taschenlampe ein, legte sein verschwitztes Hemd über den Lichtkegel und nahm frische Sachen aus der Reisetasche. Er rollte seine Zahnbürste aus einer Plastiktüte und öffnete eine neue Flasche Wasser. Durch die offene Tür konnte er die Gebäude sehen. Verlassene Ruinen in der Nacht. Nach zwei langen Schlucken setzte er die Flasche ab und kippte Wasser auf die Zahnbürste. Nachdem er sich die Zähne geputzt hatte, zog er sich ein frisches Hemd über und sprühte Deo unter die Achselhöhlen. Er zündete sich eine Zigarette an und wählte Anheusers Nummer. Das Freizeichen klang dumpf und verzerrt. Nach dem sechsten Mal nahm jemand ab.

»Ja?«

»Die Kleine in der Bar, nach der Grundausbildung«, sagte Dunkel. »Ich war scharf auf sie.«

Anheuser räusperte sich. »Bist du besoffen?«

»Ich war scharf auf sie«, wiederholte Dunkel. »Ihr Macker hat mir zu verstehen gegeben, ich solle die Finger von ihr lassen, wenn ich nicht bezahlen will.«

Anheusers schweres Atmen am anderen Ende der Leitung. Die Verbindung wurde schlechter, setzte kurz aus.

»Warum erzählst du mir das jetzt?«

Dunkel stand auf und ging ein paar Schritte nach draußen. Über ihm ein Sternbild, an dessen Namen er sich nicht erinnern konnte. »Ich hab sie nicht mal geküsst.« Die Verbindung setzte erneut aus, Dunkel ging noch ein paar Schritte und presste das Telefon ans Ohr.

Der Schuss zerriss die Stille. Er hörte, wie das Projektil in den Wohnwagen einschlug, das zersplitternde Glas, die alles verschluckende Leere danach. Er suchte hinter einer Radkappe Deckung. Wieder Stille. Schnelle Schritte im feuchten Gras, die Hebelmechanik, das trockene Klacken des Abzugs. Der zweite Schuss verhallte, ein rasch verebbendes Pfeifen, blind abgefeuert. Dunkel sah das Mündungsfeuer, ein Lichtblitz in der Nacht. Er wartete, den Rücken gegen die Radkappe gepresst. Schritte, diesmal näher, ein weiterer Schuss, das Projektil strich über das Dach hinweg, verlor sich im Nachtnebel.

Dunkel konnte den Schützen atmen hören. Er war auf der Rückseite des Wohnwagens, keine zehn Schritte von ihm.

Das Waldstück lag dreißig Meter vor ihm, die Baumkronen hoben sich im Mondschein vor dem Himmel ab. Dunkel rannte los, die Schüsse verfolgten ihn in kurzer Abfolge, eins, zwei, drei, die Projektile taumelten, durch den Flugwind gebremst. Abgebrochene Äste und Steine trieben in seine nackten Fußsohlen, der nächste Schuss, ein Stich, der sich in seine Hüfte grub, dann das heiße Blut.

Dunkel blieb auf dem Boden liegen. Seine Flanke fühlte sich nass und taub an, er tastete mit den Fingern nach der Wunde. Der Schütze pirschte den Waldrand entlang, auf einer Linie mit dem letzten Licht. Er war auf der Jagd, und er war schnell. Dunkel zählte sechs Schüsse, der Schütze musste nachladen; er wusste, dass es seine einzige Chance war.

28

Der Mond schien über dem Durchhieb. Sie sah zuerst nur einen Schatten. Im fahlen Licht wirkte das Hemd heller, fast weiß. Er blickte über die Schulter und öffnete das Tor.

Sie blieb in der Tür stehen, die Arme vor der Brust verschränkt. Ihr graues Haar lag offen auf den Schultern. »Ich will nur in Ruhe gelassen werden.«

Er streckte ihr die blutige Hand entgegen. »Ich brauche Verbandszeug.«

Sie prüfte mit einem kurzen Blick in den Wald, ob ihm jemand gefolgt war, und hielt ihm die Tür auf. Er ging an ihr vorbei. Sie zeigte auf das Zimmer am Ende des Flurs. Ein kleiner Raum, in dem es nach Kresse roch. Das einzige Fenster war mit einer Holzjalousie verschlossen, von der Decke hingen getrocknete Kräuter. Die Tapete hatte sich an einigen Stellen von der Wand gelöst. Die wenigen Möbel waren mit weißen Laken abgedeckt. Im gusseisernen Kamin brannte Feuer. Die Scheite glühten kirschrot, die Flammen leckten aus der kaputten Scheibe. Die Wärme war dicht und intensiv.

»Lassen Sie mich mal sehen.«

Er drehte sich um. »Sie haben damit nichts zu tun.«

Sie lächelte. »Jeder hat mit allem zu tun.«

»Das hier geht Sie nichts an.« Dunkel fuhr sich mit der Hand durchs Gesicht. »Sie wissen nicht, worum es geht.«

»Keine tiefe Wunde«, sagte sie und zeigte auf seine Hüfte. »Aber sie wird sich infizieren, dann gehen Sie an Sepsis oder an einem Gasbrand zugrunde.«

Dunkel starrte ins Feuer.

»Spitzwegerich«, sagte sie nach einer Weile. »Sein Saft schimmelt nicht. Ich hole die Tinktur und heißes Wasser, um die Wunde zu säubern.« Sie nahm Dunkels Blick auf und bedeutete ihm, sich nicht von der Stelle zu rühren. Dann ging sie in die Küche und machte dort nach einem Moment Licht. Als sie den Hahn aufdrehte, zitterten ihre Hände. Sie füllte Wasser in einen flachen Topf und schaltete den Herd an.

Er hatte ihr den Rücken zugewandt. Im Schein des Feuers bemerkte sie die Narben. Tiefe, schlecht verheilte Narben. Ein Holzscheit fiel in sich zusammen, Glut schlug gegen das Kaminfenster. Sie nahm seine Hand von der Wunde und sagte: »Derjenige, der auf Sie geschossen hat, kann nicht mit Alkohol umgehen.« Die Alte blieb neben ihm stehen. »Nur deswegen haben Sie überlebt.«

Dunkel blickte auf den Topf in ihren Händen und streckte seine Hand dem Feuer entgegen.

»Sie laufen nicht vor etwas weg«, sagte sie. Sie stellte den Topf auf den Tisch, ging zu einem Regal und kehrte mit einem kleinen Gefäß zurück. Sie stellte es neben den Topf mit dem heißen Wasser und nahm den Deckel ab. Der Inhalt verströmte einen muffigen Geruch. »Sie laufen auf etwas zu.« Sie faltete den Lappen auseinander, tauchte ihn in das heiße Wasser und säuberte die Wunde.

»Keine Naht«, sagte sie. »Die Ränder sind glatt, alles

wird zusammenwachsen, wie es sich gehört. Fleisch findet sich.«

Dunkel nahm ihr den Lappen aus der Hand und wischte sich über den Nacken.

Sie fuhr mit den Fingerspitzen über eine der Narben auf seinem Rücken und hielt inne. »Nein, ich muss nicht alles wissen.«

»Manchmal ist es besser, nicht alles zu wissen.«

»Ich höre nichts und sehe nichts«, sagte sie.

Dunkel nickte. »Wahrheiten und Lügen ändern sich nicht.«

Sie verteilte die klebrige, zähflüssige Masse mit einem Holzspatel auf der Wunde. »Ich habe Klamotten in Ihrer Größe.« Ganz langsam füllte sie die Wunde auf, tupfte mit dem Lappen die überflüssige Masse ab. »Von meinem verstorbenen Mann. Hängen oben im Schrank.«

Dunkel nickte. Er spürte ein Pochen in der Wunde, wie es im Fleisch arbeitete.

»Ich verbinde das noch«, sagte sie und tauchte den Lappen ins Wasser. Sie wrang den Lappen in der Schüssel aus und entrollte eine Mullbinde. Sie wickelte das Verbandszeug lose um ihre Faust und formte eine Kompresse. »Sie sollten die Gegend verlassen.« Die Alte klebte zwei breite Streifen Fixierpflaster über die Mullbinde. »Das Land hat kein Gewissen. Wenn man den Menschen ihre Träume nimmt, dann haben sie auch kein Gewissen mehr.«

29

Der Regen wurde stärker. Achim stellte den Scheibenwischer aus. Sie warteten in Dunkelheit und Stille.

Haller schnaufte und sah auf die Uhr. »Verdammte Scheiße.«

Achim sah in den Seitenspiegel, wie die Straße sich durch das Tal hochwand. Schlaglöcher voller Regen. Nichts tat sich. Es dämmerte bereits. »Die halten ihre Vereinbarungen ein. Die wollen auch nur ihre Kohle haben.«

Die Umgebung zerfloss hinter der Windschutzscheibe. Ihr Atem kondensierte – kleine, weiße Wölkchen, die sich im Nichts auflösten. Nach einer Weile sagte Haller: »Wo is der Dicke?«

Achim sah weiter in den Rückspiegel. »War nicht in seiner Bude.« Er rieb sich über die Stirn. »Keine Ahnung, wo der steckt.«

»Wenn's heiß wird, verdrückt der sich.« Haller lachte. »Im Bunker hat der sofort den Daumenlutscher gegeben, damit der se nich von irgend 'nem Ali gesickt kriegt.« Er richtete sich auf. Der Stoff seiner Jacke raschelte, als er nach Achims Arm griff. »Ich hab den Pisser letzte Nacht weggemacht.«

Achim atmete hörbar aus und schüttelte den Kopf.

»Nennst du mich ’n Lügner?«

Er sah nur einen Teil von Hallers Gesicht – grau, bleich, das leuchtende Weiß der Augen. »Ich nenn dich keinen Lügner«, sagte er und zeigte auf den Seitenspiegel. »Wir klären das später.«

Scheinwerfer tauchten die Umgebung in künstliches Licht. Bäume erhoben sich aus der Dunkelheit, Äste schwarz wie Tuschezeichnungen.

Sie hörten den Motor – leises, gleichmäßiges Surren, das lauter wurde, näher kam. Achim öffnete die Fahrertür und drehte sich noch einmal um.

»Lass mich reden«, sagte er. »Hältst dich im Hintergrund.«

Haller klopfte gegen das Fenster und stieg dann aus.

Der Sprinter fuhr an ihnen vorbei, wendete und hielt am Straßenrand gegenüber. Die Kühlung lief nach. Das Fernlicht ging an – einmal, zweimal, danach erlosch es.

Haller blieb im toten Winkel. Der Fahrer rauchte, die Glut der Zigarette erhellte sein Gesicht für kurze Augenblicke.

»Sind wir wieder da«, sagte der Rumäne. Er reichte Achim eine Hand durch das Fenster. »Habt ihr gutes Business hier. Lieferung neu.«

»Man tut, was man kann«, sagte Achim. »Sind Geschäftsmänner.«

»Business gut«, sagte der Mann. Er lachte und zog an der Zigarette. »Glück, habt ihr Glück. Neue Lieferung schnell.«

»Wo is der Kollege?«, fragte Achim und zeigte auf den Sprinter.

»Wir auch Geschäftsmänner.« Der Rumäne zuckte mit der Schulter. »Kollege unterwegs. Weißt du, wie das ist, ja?

Und Geschäfte überall! Muss gucken. Neue Route. Polen, Tschechei – alle wollen sie das haben. Gute Preise!«

Achim nickte.

»Dein Kollege draußen, ja?«

»Kollege draußen.«

»Dann ist gut.« Der Mann lächelte. Seine Pupillen bewegten sich nicht, die Lider blieben offen.

Achim blickte über die Schulter. Haller stand hinter ihm, die Mütze ins Gesicht gezogen. Die Pistole wirkte wie ein Teil seiner Hand. Für einen Moment schloss er die Augen, lächelte und steckte sich dann einen Wattepfropf ins Ohr.

Der Mann ließ den Schlüssel im Zündschloss stecken. »Gehst du hinten aufmachen mit Kollege, ich muss pissen. Kaffee, zu viel Kaffee, weißt du. Immer scheiße, musst du viel pissen.«

Der Rumäne sprang aus dem Wagen und ließ die Tür offen stehen. Im Kabinenlicht warfen ihre Körper lange Schatten. Er klopfte Achim auf die Schulter und hielt ihm den Schlüssel hin.

»Hast du Geld? Wo ist das Geld?«

»Im Wagen.«

Sie sahen beide am Heck des Sprinters vorbei in die Dunkelheit. Der Rumäne versuchte noch, die Hände vor das Gesicht zu reißen.

Danach gedämpfte Stille, als seien sie unter Wasser. In seinem Kopf ein Ton, der sich immer weiter in die Höhe schraubte. Das Projektil war in der Stirnmitte eingetreten, hinterließ ein kleines, schwarzes Loch. Achim verfolgte das letzte Luftholen des Mannes, wie seine Lippen zuckten, der Blick starr und matt wurde. Er sackte vor ihm auf die Knie, kippte auf die Seite, die Beine ineinander verdreht. Blut lief aus dem offenen Hinterkopf in den Kragen der Lederjacke.

Haller stieg über die Leiche und zielte auf halber Höhe. Er schoss in die Seitenwand des Sprinters, zog die CZ 75 aus dem Hosenbund und feuerte weitere dreimal. Die Schreie aus dem Innenraum klangen spitz und weit entfernt.

»Verdammte Wichser!«, schrie Haller. Er ging um den Sprinter herum und öffnete die Hintertür.

Achim erkannte den Mann sofort. Er trug den gleichen, auffälligen Ring. Jetzt kroch er durch sein eigenes Blut. Das Maschinengewehr lag vor ihm auf dem Boden. Er hielt den Tragegurt noch lose in der Hand.

»Sieh dir die Ratte an«, sagte Haller. Er stieg in den Sprinter und nahm das Gewehr an sich. Der Mann rollte auf den Rücken. Kleidung und Haare waren blutverschmiert. Haller hatte ihn in Brust und Hals getroffen, sein Kehlkopf ein einziges Loch.

»Wollte der dreckige Zigeuner uns linken, aber scheiße.«

Dann ein Geräusch wie das einer Hydraulikpresse, kurz und hart. Hirnmasse spritzte über den Boden. Das Projektil prallte von einer der Seitenwände ab und fiel mit einem Klick auf den Boden.

Der Geruch von verschossener Munition, metallisch, intensiv und scharf, Sekunden der Orientierungslosigkeit. Achim spreizte die Finger und drückte sie gegen die Schläfen.

»Verdammte Scheiße!« Er musste brüllen, um das Pfeifen in seinem Kopf zu übertönen. »Verdammte Scheiße!« Seine Stimme hallte in der Dunkelheit nach.

Haller zielte auf den rechten Rippenbogen, fackelte nicht lang. Achim sackte mit offenem Mund zu Boden, auf der Zunge den Geschmack von Blut.

Zwischen den spitzen Ohren hindurch in Richtung Licht. Die Mähne wogte im Wind, das Fell schweißnass. Er nahm jede Bewegung auf, führte sie weiter, als gehörten Tier und Mensch zusammen. Eine unzertrennbare Einheit. Das Pferd galoppierte. Er duckte sich unter Ästen weg, die Hände fest an der Leine. Der Pfad wurde schmaler, Nebel lag über dem Boden. Sie folgten dem Licht seit Ewigkeiten.

Als er die Augen wieder aufschlug, stand Haller mit offenem Mund über ihm. Ein Speichelfaden löste sich.

»Was soll der Scheiß?«, sagte er und beugte sich zu ihm herunter. Sein Atem stank nach Magensäure und Schnaps. »Machst dir in die Hosen wie ’n Amateur.«

Achim starrte in den Nachthimmel und versuchte ruhig zu atmen. Das Geräusch in seinem Kopf war verschwunden. Er wischte sich mit der Hand über den Mund, die Lippen waren wie taub. »Kiste von den Rumänen fahren wir in die Werkstatt. Machen da sauber. Dann bring ich se zum Cyron. Umlackieren, Seriennummer. Ronnie macht den Rest.« Seine Stimme klang dumpf und verzerrt.

»Falco und seinen Russen bestellst du auch in die Werkstatt«, sagte Haller. »Wenn der was von Reibach hört, lässt der alles stehen und liegen.« Er hielt das Maschinengewehr in der Armbeuge und strich über den Gurtkasten. »’ne astreine Kalaschnikow-Kopie. Die Serben verkloppen die gleich vor der Fabrikhalle an alle, die mit ’n paar Scheinchen wedeln.«

Achim stand auf. Er berührte das Bein des Rumänen mit der Fußspitze. »Machen wir mit denen?«

»Pissen drauf«, sagte Haller und öffnete mit einer Hand den Reißverschluss seiner Jeans. Dann schloss er ihn wieder und zeigte auf Achim. »Solltest mal deine Fresse sehen!« Er schüttelte den Kopf und schulterte das Maschinengewehr. »Schaff den zum anderen hinten rein. Blaue Tonnen, Plane, Folie. Und die Gehwegplatten vom Umbau.

Versenken wir in der Sickergrube unten am Rott, kenn mich da aus.«

Die Beine standen in einem seltsamen Winkel ab, als wären sie aus Gummi. Feuchtes Laub bedeckte das Gesicht des Rumänen. Achim bückte sich, wischte es weg und berührte ihn an der Wange. Die Haut war kalt und hart. Er sah ihm genau in die Augen, da war nichts mehr, sie blieben so starr und matt. Als er den toten Körper auf die Ladefläche gehievt hatte, zog er ihm den Ring vom Finger und steckte ihn in die Hosentasche. Noch einmal sah er zum Toten, dann schloss er die Tür.

Achim fuhr langsam. Seine Hände umklammerten das Lenkrad des Sprinters. Es nieselte, der Scheibenwischer hinterließ breite Streifen auf der Windschutzscheibe. Tote Insekten, Schmutz und Laubblätter. Das Scheinwerferlicht verwandelte die Felder in silbergraue Striche, Nadelbäume ragten in den Himmel wie Messerspitzen.

Achim parkte rückwärts vor der Garage. Der Verkehr vom Zubringer ein gleichmäßiges Rauschen im Hintergrund. Er stieg aus und machte Licht in der Werkstatt. Haller kam ein paar Minuten später und parkte neben dem Sprinter.

Sie verloren keine Zeit. Haller öffnete die Hecktür des Sprinters und zog den Rumänen aus dem Wagen. Der Körper fiel mit einem dumpfen Geräusch auf den Boden.

»Weiter durch«, sagte Achim.

Haller schleifte den Toten über den Beton und ließ ihn hinten zwischen den Metallregalen liegen. »Noch nie ’ne Leiche gesehen?«

»Klar«, sagte Achim.

Der Mann sah aus, als wäre er eingeschlafen. Sein Mund stand weit offen.

»Was glotzte dann so?«

Achim schwieg.

»Haste im kleinen Finger so was«, sagte Haller und kratzte sich am Kinn. »Du wärst voll in die Scheiße gerannt.«

Er blickte zu Achim und schüttelte den Kopf. »Wo ist die Plane, verdammt noch mal?«

»Hinten«, sagte Achim. »Im Regal.«

Haller sah sich in der Werkstatt um und sagte dann: »Hol du den anderen.«

Auf der Ladefläche hatte sich eine große schwarze Blutlache gebildet. Achim nahm den zweiten Toten bei den Fersen und zog ihn Schritt für Schritt in die Werkstatt. Haller lehnte an einem der Regale und hatte sich eine Zigarette angezündet. Er nahm einen Zug und zeigte auf die Regentonnen. »Fünf Platten rein, mit Silikon abgedichtet, kommen die nie mehr hoch.«

Achim nickte. »Unten am Rott, sagst du.«

»Warum willst du das wissen?« Haller runzelte die Stirn. »Damit du was gegen mich in der Hand hast?«

»Brauch ich nicht«, sagte Achim. »Wir ziehen das durch.«

»Wie Brüder«, sagte Haller und spuckte auf den Boden.

»Wie Brüder«, wiederholte Achim.

Sie legten die Bodenplatten in die Tonnen, rollten sie danach auf den Kanten in die Mitte der Werkstatt. Achim zog die beiden Männer an den Füßen über den Boden und legte sie vor den Tonnen ab. Sie umwickelten die Körper mit Folie, die von der Dachisolierung übrig geblieben war, und packten sie in die Tonnen.

»Wie in ’nem beschissenen Mutterbauch«, sagte Haller und zeigte auf die Tonnen. Er nahm einen der Deckel in die Hand. »Wir sollten denen vorher die Finger abschneiden,

Zähne rausbrechen – weißt ja, was die alles mit Computer und dieser ganzen Scheiße heute anstellen können.«

Achim griff nach seinem Messer am Gürtel. Eine entschlossene Bewegung, dann hatte die Klinge Hallers Adamsapfel durchbohrt. Aus der Kehle entwich ein feuchtes Gurgeln, Blut sprudelte über das Heft, tropfte auf Hemd und Boden. Achim zog das Messer heraus, Haller sackte langsam zu Boden, griff sich mit beiden Händen an den Hals. Blut strömte an seinen Fingern vorbei, sammelte sich auf dem Boden. Er kroch an den Tonnen vorbei zum Eingang. Achim zog ihn an den Füßen zurück in die Werkstatt und nahm den Wagenheber aus dem Regal. Nach dem dritten Schlag zersprang Hallers Schädel wie eine überreife Frucht.

Tageslicht drang in die Werkstatt und zeigte die Dinge, wie sie wirklich waren. Achim stand auf, schloss das Tor ab und ging rüber zum Haus.

30

Sie hörte, wie er die Tür aufschloss. Er blieb in der Küche, drehte den Wasserhahn an. Ein paar Minuten blieb alles ruhig, als sei er gar nicht mehr da. Dann ging er ins Schlafzimmer. Sie zog die Bettdecke über ihre Hüfte.

Er war eine Chance gewesen. Raus aus dem Wohnpark. Sie hatte ihm nie alles geglaubt. Sie wusste, wie Männer reden. Sie logen, und sie logen gut. Aber sie hatte das bereits hinter sich – die Männer, die Lügen und das Aufwachen danach. Die halbe Wahrheit reichte ihr.

Er brachte Kälte mit sich. Sie konnte ihn riechen; Schweiß, Aftershave, Bier. Aber da war noch etwas.

»Tu nich so«, sagte er.

Die Laken feucht von ihrem Schweiß. Sie spürte das Blut heiß in den Nacken schießen. In den Schläfen und Handgelenken ein herbes, trockenes Pochen. Er setzte sich auf die Bettkante und legte eine Hand auf ihre Schulter. Die Hand war warm und noch feucht vom Wasser. Sie öffnete die Augen, und sie sah die Angst. »Ich hab dir gesagt, lass die Finger davon.«

Er griff in seine Jackentasche und holte den Plastikbeutel heraus, den sie unter dem Reifen in der Scheune versteckt hatte. »Denkst du, die paar Scheine reichen aus?«

Er öffnete den Beutel und kippte ihn über ihrem Kopf aus. »Das bisschen Hirn, was du mal hattest, hast du dir weggezogen«, sagte er. »Mach die Augen zu, dann siehst du, was dir gehört.«

Sie nahm einen der Fünfziger in die Hand. »Ihr seid alle 'n Haufen Scheiß-Irrer.«

»Keine drei Tage hat's gedauert. Ich weiß immer alles. Mich belügt keiner.«

»Ich scheiß auf dich.«

Er riss ihr den Schein aus der Hand und zerknüllte ihn. »Machs Maul auf«, sagte er gefährlich leise und drückte sie zurück auf die Matratze. »Machs verdammte Maul auf und friss. Friss!« Er schob ihr den Fünfziger zwischen die Zähne. »Komm schon«, sagte er und stopfte einen zweiten hinterher. Er zog sie an den Haaren vom Bett und schlug ihren Kopf gegen die Wand. Ihre Lippe platzte auf, beim zweiten Schlag die Augenbraue. Sie fiel neben den Schrank und blieb liegen.

»Die Kleine bleibt.«

»Nein.« Sie verschluckte sich an ihrem eigenen Blut. »Mach mit mir, was du willst. Kann auch viel mehr Kohle ranschaffen!« Sie griff mit beiden Händen nach dem Geld, das auf dem Boden verstreut lag. »Ich red mit Falco.«

»Nimm«, sagte er und zeigte auf die Scheine. »Und komm nich auf dumme Gedanken. Die Schmier glaubt 'ner räudigen Nutte wie dir keine Silbe. Wenn du bei denen mit deinem laufenden Näschen aufschlägst, denken die, du hattest 'n Fiebertraum.« Er drehte sich um und öffnete die Schlafzimmertür.

Sie sprang ihm auf den Rücken, schlug ihm ins Gesicht, aber er war stärker. Seine Finger waren wie brennende

Punkte auf ihrer Kehle, und dann fühlte sie sich auf einmal ganz leicht, als würde sie schweben.

Sie saßen um einen weißen Tisch; Marie, sie selbst und eine weitere Person, deren Gesicht sie nicht erkennen konnte. Alles war weiß; Kleidung, Teller, die Wände. Ein sauberes, reines Weiß. Es war sehr still, niemand sprach, alle schienen auf etwas zu warten. Dann öffnete Marie ihren Mund, und Blut floss über ihre Lippen auf das weiße Kleid und den weißen Tisch, rotes, dünnes Blut. Niemand bewegte sich. Niemand tat etwas. Sie saßen da und sahen zu, wie das Blut aus ihrem Mund strömte, das Weiß rot färbte.

Als sie wieder erwachte, schmeckte sie das Blut, sie konnte es auf der Zunge schmecken, es war ihr Blut, der Geschmack ihres eigenen Blutes.

31

Sie stand vor einer großen Glasscheibe, dahinter feiner, brauner Sand. Sie konnte das Meer nicht sehen, nur die Brandung hören, ein langsam ausklingendes Rauschen, es ging und kam wieder, ein fortwährender Rhythmus, ganz nah. Sie wollte über den Sand gehen und das Meer sehen, es riechen, sie lief an der Scheibe entlang, sie lief und lief, aber sie fand keinen Eingang, nichts.

Marie wachte auf. Sie hatte geträumt, da war noch ein dumpfes Gefühl in ihrem Kopf. Dann hörte sie Schritte, wie die Tür über den Boden schabte. Sie sah seine Umrisse im Gegenlicht, hörte den keuchenden Atem. Er blieb vor dem Bett stehen, strich mit seinen rauen Fingerkuppen über ihren Unterarm und ließ seine Hand auf ihrem Hals liegen.

»Bleib ruhig«, sagte er und lachte heiser. »Und pack was zusammen. Paar Klamotten. Dein Zeug.«

Beim Sprung aus dem Bett verlor sie fast das Gleichgewicht. Vier, fünf Schritte zur Tür. Er riss sie an den Haaren zurück, sein heißer Atem glitt über ihr Gesicht. »Nein.« Er sprach direkt in ihr Ohr. »Ich will dir nich wehtun müssen. Keiner will 'n Mädchen mit 'ner blutigen Fresse.« Er strich ihr eine Strähne aus dem Gesicht und küsste sie auf die Wange.

»Du darfst nicht weglaufen.« Er fasste ihr unter das Kinn und sah ihr in die Augen.

Marie hörte ein lautes Scheppern, danach sah sie die Blutspritzer an der Wand. Hinter Achim war das Gesicht ihrer Mutter aufgetaucht. Sie hielt den Werkzeugkasten noch in beiden Händen, ließ ihn zu Boden sinken. Achim lag regungslos auf der Matratze. Marie rieb sich übers Gesicht, über die Stelle, auf der sie seine feuchten Lippen noch immer spürte. Der Kasten hatte ein Stück Ohr abgerissen.

»Los«, sagte ihre Mutter. »Komm jetzt.«

Marie spürte ihr Herz bis zum Hals schlagen. Sie rannten durch den Flur. Ihre Mutter rutschte aus, und als Marie ihr auf die Beine half, sah sie das Blut, es war überall.

»Weiter«, sagte ihre Mutter. »Marie, ich bitte dich!«

Sie schüttelte den Kopf. »Wohin denn?«

Ihre Mutter schloss für einen Moment die Augen. »Zum Auto.« Unten in der Küche blieben sie stehen.

»Wo ist der Schlüssel?

»Fensterbank«, sagte Marie. »Auf der Fensterbank.«

»Nimm sie.«

Sie ließen die Haustür offen, der Bewegungsmelder schaltete das Licht im Hof ein. Erst vor dem Wagen blieben sie stehen, ihre Mutter nahm ihr den Schlüssel ab.

»Alles wird wieder gut«, sagte sie und umfasste Maries Hand. »Das verspreche ich dir, alles wird wieder gut.«

»Wir müssen hier weg.«

»Gut«, sagte ihre Mutter und nickte. »Ist gut.«

»Wir müssen weg«, wiederholte Marie.

Die Tachonadel zuckte zwischen 50 und 60 Stundenkilometern.

In der Nacht sah die Gegend anders aus, wie in einem

Traum. Marie spürte ihre Füße nicht, ihre Hände zitterten. Sie blickte in den Seitenspiegel. Da war nur Dunkelheit.

Die Leuchtreklamen erhellten den Nachthimmel, als sei der Autohof der letzte Ort dieser Welt, der letzte Ort, an dem es Leben gab. Die Schilder zeigten Spritpreise, Lettern in Grellweiß, der schwere Geruch nach Öl und Benzin war schon von weitem wahrnehmbar. LKWs standen auf den Stellplätzen hinter den Gebäuden. Der Wagen rollte über die neu asphaltierte Zufahrt auf den Parkplatz.

Warme Luft drang aus dem Motorraum herein. Marie lehnte sich mit dem Kopf gegen die Seitenscheibe. »Was willst du jetzt tun?«

Die Toiletten rochen nach Desinfektionsmittel. Das Deckenlicht im Waschraum tauchte alles in ein künstliches Gelb. Ihre Mutter drehte den Wasserhahn auf und spuckte Blut in das Waschbecken. Über ihrem Auge ein Riss, der Knochen schimmerte hell durch die Wunde.

Sie wusch sich Hände und Gesicht mit einem kleinen Stück Seife.

Marie spähte aus der halb geöffneten Tür des Waschraums hinaus auf den Parkplatz. Ein paar Kraftfahrer standen zusammen, rauchten und unterhielten sich leise.

»Wir gehen zur Polizei.«

Ihre Mutter zog Papierhandtücher aus dem Spender. »Was soll ich denen erzählen?«

Marie schnaubte. »Das Schwein muss bezahlen.«

»Die glauben mir kein Wort … die denken, ich sei selbst schuld.«

»Dann hauen wir einfach ab.«

»Wohin? In den Wohnpark? Das geht nicht, da …« Sie brach mitten im Satz ab und schüttelte den Kopf. Das Waschbecken war blutverschmiert, jemand hatte feuchte

Papierhandtücher an den Spiegel geklebt. Marie ging an ihrer Mutter vorbei aus dem Waschraum.

Im Wagen saßen sie schweigend nebeneinander. Die Kraftfahrer warfen ihre Kaffeebecher in die umstehenden Mülleimer und kehrten zu ihren Lastwagen zurück. Sie sahen den Rücklichtern hinterher, die nach und nach im Morgennebel verschwanden. »Das muss ein Ende haben«, sagte ihre Mutter und startete den Motor.

32

Er wusste, dass die Alte im Halbdunkel hinter dem Küchenfenster stand und ihn beobachtete. Die Kleidung war eine Nummer zu groß, er schnallte den Gürtel ein Loch enger. Der Stoff des Oberhemds kratzte auf der Haut und roch streng nach Mottenkugeln und Gallseife.

Er sah sich nicht noch einmal um. Er folgte der Graslinie im Durchhieb, versuchte möglichst ohne jedes Geräusch zu gehen. Die Wunde pochte, er spürte sie bei jeder Bewegung, ein scharfes Ziehen in den Nervenbahnen, das bis hinauf in den Nacken reichte. Er dachte an die Worte der Alten. Dass er nicht vor etwas weglaufe, sondern auf etwas zu. Er wartete seit Jahren darauf, schleppte sich von Tag zu Tag, und in der Nacht quälten ihn die immer gleichen Bilder.

Er würde nie wieder in das zurückkehren, was Anheuser das normale Leben nannte, das wusste er.

Der Brandgeruch prickelte auf seinen Nasenschleimhäuten. Er entdeckte den rußgeschwärzten Wohnwagen schon von weitem. Das Feuer hatte sich nicht ausgebreitet, schwelte im Innenraum, einzelne Flammenzungen leckten aus den gesprungenen Fenstern. Der beißende Gestank nach verschmortem Kunststoff nahm ihm fast den Atem.

Er wartete im Dickicht, beobachtete. Nichts tat sich. Der Boden um den Wohnwagen dampfte. Die Tür hing lose in den Angeln. Dunkel konnte von seinem Versteck aus einen Blick ins Innere werfen. Alles war von einer schwarzen Schicht überzogen, unbrauchbar geworden. Er schaute ins Tal. Der Himmel leuchtete hellgrau. Ein neuer Tag brach an.

Dann sah er an sich herunter, auf die Klamotten, die an seinem Körper schlotterten, die Kleidung eines Toten. Er würde die Gegend verlassen, wie die Alte gesagt hatte. Langsam verließ er den Schutz der Bäume. Auf dem Boden fand er die Überreste seines Mobiltelefons.

Er kickte es mit der Fußspitze weg.

Über dem Land lag betäubende Stille. Es wirkte mehr als verlassen; es wirkte vergessen. Er kannte diese Stille. Sie erinnerte ihn an den Tschad, wo er die gegrillten Leiber von Soldaten in einem getroffenen Panzer gefunden hatte. Er war damals gerade zwanzig Jahre alt geworden und wusste, dass ihn diese Stille, diese besondere Art der Stille, die über dem rauchenden Wrack lag, ein Leben lang begleiten würde.

Als er näher an den Wohnwagen herankam, sah er den Kombi auf dem Parkplatz stehen. Der Motor lief, und das Fenster auf der Fahrerseite war halb heruntergelassen. Er erkannte ihr Gesicht hinter der Windschutzscheibe, und auch das Mädchen, das neben ihr saß. Jetzt sah er die Ähnlichkeit, die Augen, die schmalen, feinen Wangen, die geschwungenen Lippen. Er ging zu ihnen, stützte sich auf die Tür, beugte sich herunter und zeigte auf den Cut über ihrem Auge.

»Nichts«, sagte sie und schüttelte den Kopf. »Nichts, was ich nicht alleine regeln kann.« Sie erwiderte seinen Blick und sah dann zu Marie. »Für ein paar Tage. Bis sich alles beruhigt hat.«

»Ein paar Tage.«

»Ja«, sagte sie. »Ich vertraue dir.«

Das Mädchen wendete den Blick ab und starrte aus dem Seitenfenster.

Dunkel sog Luft ein. »Ich bringe euch hier weg.«

»Nein«, sagte sie. »Ich muss das klären.«

Sie schloss die Tür und legte ihren Kopf auf das Lenkrad. In ihren Gesten und in ihrem Blick lag eine Endgültigkeit, die Dunkel gut kannte.

»Du hast keine Ahnung.« Er hörte sie durch das halb offene Seitenfenster. »Du hast keine Ahnung, was ich tun muss. Steig aus, Marie.«

»Gut«, sagte er. »Du kannst mir vertrauen.«

Sie standen nebeneinander, blickten vom Parkplatz aus dem Wagen hinterher, dann berührte Dunkel das Mädchen an der Schulter und nickte ihr zu. »Wir verschwinden«, sagte er und drehte sich um.

33

Die Angst war von ihr gewichen, hatte einem neuen Gefühl Raum verschafft. Während sie im Kombi die Einfahrt hochfuhr, spürte sie es in jeder Faser ihres Körpers, als würde er sich neu zusammensetzen.

Er saß vornübergebeugt, das Gesicht blutüberströmt, seine Hände lagen flach auf der Tischplatte.

Sie blieb in der Küchentür stehen und wartete. Stille. Dann hob er den Kopf und sah aus dem Fenster. »Wo ist sie?«

Seine Stimme klang ruhig und gelassen. Dann stand er auf, packte sie am Nacken und drückte sie gegen den Kühlschrank. »Sag mir, wo sie ist.«

»Bei der Alten«, sagte sie leise.

Er hielt inne und lockerte seinen Griff. »Bei der Alten.«

Für einen Moment herrschte Stille, dann sagte er: »Du fährst«, und schob sie in den Flur.

34

Sie sah aus dem Küchenfenster hinaus auf die Straße. Die beiden Männer standen vor dem Rover, redeten miteinander. Sie gestikulierten wild und wählten ihre Worte anscheinend genau.

Sie schob den Stuhl unter den Küchentisch zurück und öffnete den Kühlschrank. Im unteren Fach stand ein gusseiserner Topf ohne Deckel, darin ein gebratenes Kaninchen, komplett mit Kopf. In den anderen Fächern verschiedene Biere, ausgedrückte Senftuben, hartgekochte Eier. Einige Gläser Pastete, eine halbe Flasche Weißwein. Marie schloss den Kühlschrank und ging durch den Flur. An den weißen, unverputzten Wänden hingen gebogene Dolche mit verzierten Griffen, Messer mit gezackter Klinge, verschiedene Tierfelle. Rechts führte eine Wendeltreppe nach unten. Sie erkannte die typischen Streifen des Zebras, das Leder war an den Rändern wellig und rollte sich bereits ein.

Die Tür zur Werkstatt war nur angelehnt. Sie öffnete sie mit der Fußspitze und blieb im Rahmen stehen. Sie erkannte die Ordnung, mit der die Fotos an der Wand aufgehängt worden waren. Aus jungen, lachenden Gesichtern wurden ältere, die mit harter, versteinerter Miene an der Kamera vorbeiblickten.

»Ja«, sagte Anheuser, er stand jetzt hinter ihr. »Wir waren jung.« Er lächelte und hob die Augenbrauen. »Und dumm.«

Sie zeigte auf eines der Fotos. Zwei Männer in Uniform, die Waffe schussbereit in den Händen, im Hintergrund rotbrauner Wüstensand und ein Himmel ohne Wolken.

»Der Kleine, Dünne, das bin ich – wie gesagt, ist länger her, und der andere«, er nickte Richtung Straße, »das ist Richard. Vierter Einsatz im Tschad.«

Marie nahm ihren Blick nicht von dem Foto. Es war in einem breiten Rahmen aus dunklem Holz und in einem anderen Format als die restlichen Fotografien, fast quadratisch.

»Er holt sie«, sagte sie dann. »Und alles wird von vorne losgehen, dieselbe Scheiße. Sie wird mit irgendeinem Verlierer in einem beschissenen Nest abstürzen, sie werden sich Zeug ballern und sich erzählen, was in ihrem Leben noch alles Großartiges passieren wird.«

Anheuser holte tief Luft. »Ja, das wird er tun, er wird sie holen, und dann … sehen wir weiter. Es muss nicht so laufen, wie du sagst.«

»Ja, alles wird gut. Kenne ich schon, den Spruch«, sagte sie und drehte sich zu ihm um. »Mit den paar Tagen, das habe ich nie geglaubt. Ich kenne meine Mutter. Sie wollte mich loswerden, das ist alles.« Sie blickte noch einmal auf das Foto und schüttelte den Kopf. »Und er ist drauf reingefallen.«

Anheuser berührte den Rahmen und wischte mit dem Finger darüber. »Richard glaubt, er hat einen Fehler gemacht, und seit diesem Tag versucht er, das irgendwie wiedergutzumachen.« Anheuser legte die Hand in den Nacken. »Er kann es nicht wiedergutmachen, das weiß er auch. Tief drin weiß er das.«

»Aber er versucht es trotzdem.« Marie seufzte.

»Gehen wir mal in die Küche, ich brauch was zum Trinken, was Richtiges«, sagte Anheuser und fuhr sich mit der Hand durch den Bart. Er ließ Marie vorbeigehen und schloss dann die Tür zur Werkstatt ab. In der Küche nahm er die Flasche Weißwein aus dem Kühlschrank, goss sich ein Glas ein und stellte die Flasche auf den Tisch. Er trank einen großen Schluck und setzte sich auf einen Stuhl.

Marie nahm die Flasche in die Hand und roch daran. »Was war das für ein Fehler?«

»Kein Fehler«, sagte er und trank wieder einen großen Schluck. »In Burundi hat Richard auf jemanden aufgepasst, auf eine belgische Diplomatin. Sie haben da unten die Wahlen beobachtet, sie war Teil einer Kommission. Burundi ist Afrika, da laufen die Dinge anders, da ist vieles einfach nur im Arsch – du gewinnst die Wahl, wenn du die richtigen Leute schmierst, die an den richtigen Stellen sitzen. Und irgendwer zieht im Hintergrund die Strippen, jeder spielt sein eigenes Spiel. Bomben gehen in den Straßen hoch, Zivilisten gehen drauf, Unschuldige.« Er machte eine Pause und fuhr mit dem Finger über den Glasrand. »Richard hat einfach seinen Job gemacht.«

»Was ist passiert?«

Anheuser lehnte sich im Sitz zurück und knackte mit den Fingerknöcheln. »An einem Morgen fährt er mit ihr zu einem Termin, die großen Straßen sind gesperrt, sie mussen durch die kleinen Gassen. Eine Handgranate explodiert, Schüsse fallen … er konnte nichts mehr für sie tun.«

Marie nickte. »Hat er sie geliebt?«

»Ich weiß nicht, ob er das kann«, sagte Anheuser und trank das Glas leer. »Jemanden lieben.«

35

Falco krempelte die Hemdsärmel runter. Vor der Scheune zündete er sich eine Zigarette an und ging zum Audi.

Schumichin reichte ihm ein Handtuch aus dem Kofferraum. »Mehr weiß der nicht.«

»Ja«, sagte Falco und wischte sich das Blut von den Händen.

»Wir haben genug Scheiße aus dem Fettsack geprügelt.«

Schumichin nahm ihm das Handtuch ab und warf es zurück in den Kofferraum. Falco zog ein letztes Mal an der Zigarette und schnippte sie dann ins feuchte Gras. »'n einfaches Geschäft, und der Pisser setzt es in den Sand.« Er schüttelte den Kopf. »Fahren wir zur Tankstelle.«

36

Regen setzte ein. Dunkel fuhr. Er sah die Farben der Landschaft zerfließen, in seinem Kopf überlagerten sich Bilder und Erinnerungen, sie ergaben kein Ganzes, blieben Bruchstücke, Splitter im Fleisch der Vergangenheit und der Zukunft. Die Luft wurde klarer, und er atmete gierig. Schwarze Wolken zogen schnell über den Himmel.

Ihr Gesicht war unversehrt geblieben, ihre Augen standen noch offen. Der Glanz fehlte, und Dunkel wusste, dass dies der Grund war, warum sie den Toten die Augen verschließen; um nicht in diese Leblosigkeit blicken zu müssen.

Er fuhr langsam an der Tankstelle vorbei. Die Lichter waren nicht eingeschaltet. Er dachte an den Geruch ihrer Haut, das Gefühl ihrer Hände auf seinem Gesicht – kurze Momente der Klarheit, in denen nichts weiter eine Rolle spielte, in denen Nähe alles war. Sie hatte seine Narben und Wunden erkannt, sie hatte sich selbst darin erkannt, in seinem Schmerz, seinem Verlust und auch im Schweigen darüber.

An der nächsten Kreuzung versperrte ein Löschwagen die Straße. Männer in Westen mit neonfarbenen Sicherheitsapplikationen auf den Schultern standen vor dem Fahrzeug herum. Sie rauchten und schienen zu warten. Dunkel bremste und hielt. Ein schwarzer Audi kam ihm mit eingeschaltetem Abblendlicht auf der anderen Straßenseite entgegen. Dunkel verfolgte den Mann hinter dem Steuer mit den Augen. Er trug eine goldene Sonnenbrille, sein Haar war blondiert. Er lächelte.

»Unfall«, sagte einer der Männer und trat zu ihm. Dunkel ließ das Seitenfenster herunter und sah in den Rückspiegel. Der Audi war verschwunden. »Wann ist das passiert?«

Der Mann zuckte mit der Schulter und nickte in Richtung der Schlucht. »Heute Morgen irgendwann.«

»Unten am Bruch«, sagte Dunkel und taxierte den Mann.

»Richtig.« Er beugte sich ein Stück runter zu ihm. »Auf dem Stück, wo es keine Leitplanke gibt. Schon der zweite Unfall dieses Jahr. Gleiche Stelle.«

Dunkel starrte auf die Windschutzscheibe, sah die Schlieren der Scheibenwischer, die toten Insekten. »Und?«

Der Mann sog Luft zwischen den Zähnen ein und schüttelte dann den Kopf. »Wir warten auf die Jungs vom THW, die kommen ja übern Berg, das dauert was. Wegen dem Wrack. Sind wohl zwei Personen. 'n Mann und 'ne Frau.«

»Okay«, sagte Dunkel. Er nickte dem Mann zu und fuhr das Seitenfenster wieder nach oben.

Es begann in den Fingerspitzen. Ein Gefühl, das wuchs, ihn schließlich ganz ergriff. Er verließ die Gegend, und etwas verließ ihn, das wusste er. Er würde in die Ungewissheit zurückkehren, zu einem Leben, das von Vergangenheit und Erinnerung bestimmt wurde und vor dem es kein Entrinnen, aus dem es keinen Ausweg gab. Nichts würde daran etwas ändern, er konnte nur aufwachen, weitermachen, auf Nächte mit traumlosem Schlaf hoffen.

Mein Dank geht an:

Markus Michalek, Katrin Fieber, Doris Jünger,
Fenja Volkmann, Ulf Anhäuser, Phillipp Fodeeler.